新潮文庫

天国と地獄

赤川次郎著

天国と地獄

登場人物　＝　天国と地獄

須藤《スドウ》 啓一郎《ケイイチロウ》 ; 48才。大学教授。TVタレント。

須藤《スドウ》 由利子《ユリコ》 ; 須藤敬一郎の妻。

須藤《スドウ》 慎一《シンイチ》 ; 17才、A学院高校2年。須藤夫妻の息子。

田渕《タブチ》 教師 ; 40才位。A学院高校教師。慎一の担任。

宮井《ミヤイ》 壮介《ソウスケ》 ; 50代半ば。マンションの管理人。

加藤《カトウ》 伸代《ノブヨ》 ; 60代半ば。マンションの住人。

本山《モトヤマ》 悠吉《ユウキチ》 ; 警視庁の刑事。

本山《モトヤマ》 久美子《クミコ》 ; 本山悠吉の妻。市川姉妹の母。

本山《モトヤマ》 信忍《シノブ》 ; 17才、S女子高校2年。本山悠吉の次女。

市川《イチカワ》 秋乃《アキノ》 ; 24才。市川登の妻。本山悠吉の長女。

市川《イチカワ》 登《ノボル》 ; 29才。本山刑事の部下。本山秋乃と結婚。

神月《コウヅキ》 課長 ; 警視庁の警部。本山刑事の上司。

川崎《カワサキ》 妙子《タエコ》 ; 17才、S女子高校2年。本山信忍の親友。

小田島《オダジマ》 聡《サトシ》 ; 17才、K学園高校2年。本山信忍のGF。

近藤《コンドウ》 ミキ ; 30代後半。バーのホステス。

登場人物　＝　天国と地獄

柿沼《カキヌマ》　明《アキラ》　；42才。弁護士。須藤敬一郎の主任弁護士。

柿沼《カキヌマ》　由子《ユウコ》　；柿沼明の妻。

柿沼《カキヌマ》　梓《アズサ》　；16才、高校1年。柿沼明・由子夫妻の娘。

大津《オオツ》　政広《マサヒロ》　；38才。柿沼弁護士の前事務所の所属弁護士。

穂波《ホナミ》　エリ　；19才。アイドルスター。

安西《アンザイ》　浄美《キヨミ》　；30才過ぎ。穂波エリのマネージャーken付人。

北里《キタザト》　社長　；穂波エリ所属のスタジオN社長。

牧野《マキノ》　；週刊Sの記者。

1 有罪

その男はげっそりとやせ、やつれていた。

無精ひげがのびて、こけた頰《ほお》はいっそう影を作っているように見える。

「眠れたか」

と、本山《もとやま》は取調室へ入ると、言った。

須藤啓一郎《すどうけいいちろう》は、入って来たのが誰なのかも気にしていない様子だった。

椅子《いす》を引いて座ると、

「お互い、疲れたな」

と、本山は言った。

須藤の口もとが、かすかに歪《ゆが》んだ。――笑ったつもりだろう。

確かに、取り調べられる須藤は一人だが、調べる刑事は入れ替り立ち替り、何人もがかかっている。

「まあ――もう言わんよ。自白してしまえば楽になる、とかって決り文句はな。お前には効果がないらしい」

本山はポケットから、ガサゴソと音をたてて、チョコレート菓子の袋を取り出した。

「これ、食うか」

須藤が、警戒するような目を上げて、本山を見た。

「甘党だろ。俺も、酒飲みだが甘いものが好きでな」

本山はビニール袋の口を破って、須藤の前に置くと、中のチョコレートをいくつかつまんで口に入れた。

「食べろよ。甘いものはエネルギーになる。そうだろ?」

須藤はしばらくためらっていたが、やがて袋に手をのばすと、中のチョコレートを五、六個一度に口へ入れた。

その甘さが、長い取調べの日々の中で、砂漠で出会った冷たい泉の水のように思えたのだろう。須藤はその袋をつかむと、中のチョコレートをいくつか取り出しては口の中へ放り込み、貪《むさぼ》るように食べ続けた。

もともと、そう沢山入っているわけではない。アッという間に、チョコレートを食べ切ってしまう。

須藤は体中で息をつくと、空になった袋を置いて、

「ありがとう」

と言った。

「いいんだ。――疲れてるよな」

と、本山は言った。「その袋、隅の屑《くず》カゴへ捨てといてくれ」

須藤はちょっと部屋の中を見回して、

「あんな所に屑カゴがあったんですね」

と、久々に笑顔を見せた。「気が付かなかった」

椅子から立つと、須藤は腰を押えて顔をしかめた。

「腰が痛むか」

「座り心地が良くなくてね」

ゆっくりと歩いて、空の菓子袋を捨てに行く。

四十八歳のはずの須藤啓一郎は、もう六十を過ぎた年寄りに見えた。いや、今どき

は六十だってもっと若々しいかもしれない。

俺たち刑事は老《ふ》けるのも早いが……。

須藤は戻って来ると、そっと椅子にかけて、

「今日は何の話ですか」

と言った。

疲れ切った面立ちに、一瞬、大学教授の知的な表情が戻る。

本山は黙って、冷めたお茶を飲んだ。

この男——この、物静かでカッとなることもない、知的なインテリが、四人の女の子を殺したのだ。

抵抗する力もない、七つ、八つの幼い子ばかりを。

信じられないようだが、間違いない。本山には分っていた。

有名私大の教授。マスコミにもしばしば登場し、国会議員に、と推《お》されたこともある須藤。見た目もハンサムで、人当りの良さで広く女性ファンを持っていた。

その須藤が……。

いや、むしろ有名になってしまったために、奥底に潜む欲望を解消するすべを持てなかったのかもしれない。

だが、そんなことは理由にならない。殺された女の子たちの親の嘆きの前では、同情の余地など全くない。

本山は、しばらく須藤の疲れ切った顔を眺めていたが……。

「お互い、くたびれたな」

と、立ち上って、「今日は休みにしよう」

須藤がけげんな顔で、

「休み？」

「ああ。俺もたまにはのんびりしたい。——おい、市川《いちかわ》！」

呼ばれて、部下の市川刑事が顔を出す。

「はい」

「今日は終りだ。戻しとけ」

「はあ……」

市川は二十八歳の若い刑事である。

当惑顔で、

「あの……いいんですか？」

「言った通りにしろ」

「分りました」

須藤が連れられて行くのを、本山は見送った。

連日の取調べにも、須藤は自白しない。——本山にも焦《あせ》りがあった。

インテリは、肉体的な苦痛に弱い。どうせすぐに吐く。

本山は長い経験からそう思っていた。

連続幼女殺人事件は、この数か月、TVや新聞を毎日独占して来た。その犯人を逮捕した。

本山も総監から直々にねぎらいの言葉をもらったのだ。ところが、その先が進まない。

須藤と殺人を結びつける直接の証拠が一つも出て来ないのだ。しかも須藤は頑《がん》として自白を拒んでいる。

実際、逮捕の根拠になったのは、被害者の一人が須藤の近所に住んでいて、普段から可愛《かわい》がられていたということ。そして、事件のあった日、須藤がその女の子にお菓子をあげているのを、近所の主婦が見たという証言……。

だがその目撃も曖昧《あいまい》で、その主婦は須藤の着ていた服の色さえ答えられなかった。

事実だとしても、それは少女が殺される何時間も前で、須藤が犯人だという証明にはならない。

自白さえ取れれば……。

本山は何としても須藤を「落とさなくては」ならなかったのである。

さらに頭の痛いことがあった。このところ、自白だけで起訴した容疑者が、相次いで無罪になるケースが続いたのだ。

「違法な取調べ」「強制された自白」……。

マスコミの目が厳しくなっていた。

「クロはクロだ」

と、本山は呟《つぶや》いた。

こっちは何十年も悪い奴《やつ》らを見て来たのだ。直感で、「こいつはクロだ」と分る。だから少々強引にでも自白させて、正義の裁きを受けさせるのだ。そのどこが「違法」だ？

そんなことで、犯人を自由にしたら、殺された者は浮かばれない。

そうだとも。――証拠がなければいけないって？　分ったよ。見付けてやりゃいいんだろう。

これで須藤が不起訴にでもなったら……。殺された娘の死体に取りすがって泣いていた親たちに申し訳が立たない。

証拠か……。

「――本山さん」

市川が戻って来た。

「須藤は?」

「すぐ眠っちまったようですが……。いいんですか?」

「あいつはなかなかしぶといぞ」

と、本山は言った。「市川」

「はあ」

「証拠だ。奴がどう口をつぐんでも、申し開きのできない証拠を見付けるんだ」

市川は戸惑った様子で、

「ですが――もう調べる所がありません」

「見付かるまで捜すんだ! 何十回でも。何百回でもだ。――あの小屋へ行く。車を回しとけ」

「分りました」

市川が取調室を出て行く。

本山は大きく息をつくと、屑カゴの方へ歩み寄り、ハンカチを出して、カゴの中からあの菓子袋をつまみ出した。

それをポケットへねじ込むと、本山は足早に部屋を出た。


今日の本山さんは、いつもと違う。

——人生経験の乏《とぼ》しい市川にも、それは分った。

本山の口ぐせで、

「要は人生経験だぞ」

と、市川は三日に一度は言われている。

市川の運転する車は、川の土手の道へ上ると、砂利《じゃり》を左右へはね飛ばしながら進んで行った。

先に、青いビニールシートで囲んだ「小屋」が見えて来た。

立っていた巡査が、車の中に本山の顔を見ると、急いで敬礼した。

車を停《と》めて、市川がエンジンを切ると、

「しまった」

と、外へ出た本山が舌打ちした。

「どうかしましたか」

と、市川は車を降りて訊《き》いた。

「薬をのむのを忘れた。——水がないとな」

「大丈夫ですか？　ペットボトル、買って来ましょうか。今通って来た道にコンビニがありました」

「悪いな。じゃ、頼む。俺は中にいる」

「はい。すぐですよ」

市川は車をUターンさせて、道を戻った。

五分ほどでコンビニに着き、ミネラルウォーターのペットボトルを買った。

小屋の前にもう一度車を寄せ、急いで小屋の中へ入る。

「——本山さん。買って来ました」

「ありがとう。すまんな」

本山はポケットから出した錠剤を口へ放り込むと、ペットボトルの水をガブ飲みした。

「何の薬ですか？」

「うん？　まあ……この年齢《とし》だ。色々悪くもなるさ」

と、本山は肩をすくめて、「さあ……。もう一度、とことん捜すんだ」

「ええ……」

市川は、正直なところ本山の気持が分らなかった。

確かに、須藤が自白しないので本山は焦っている。だからといって、もう何度も隅から隅まで捜し尽くしたこの小さな小屋で、一体なにが見付かるというのか？

須藤が三番目の女の子を殺したとされる現場が、この壊れかけた小屋である。

もちろん、床板の一枚一枚をはがし、壁板も、天井も、すべて何人もがかかって、手掛りを捜した。そのせいで、この小屋は本当に崩れかけているくらいだ。

今さら……。

「ともかく、初めてのつもりで調べるんだ。いいな」

本山の言いつけだ。いやとは言えない。

「はい。——本山さんは休んでて下さい」

「そうはいかん」

本山は、小屋の中をゆっくりと歩き回った。

市川は、この小屋に置かれている唯一《ゆいいつ》の家具、古びた書類棚の中を調べた。空っぽなのは一目で分る。

棚の上、棚の裏の、壁との隙間《すきま》。そして、床に這《は》いつくばって、棚の底のわずかな隙間を覗《のぞ》き込んだ。

もちろん、ここも見たのだ。何人もが。

だから今さら何か見付かるわけが――。

「本山さん」

と、市川は言った。「何かあります」

「何だと？」

市川はペンライトを点《つ》けて照らしてみた。本山がしゃがみ込んで、

「何があった？」

「袋みたいです。――棚を持ち上げて動かしてみましょうか」

「よし、手伝うぞ」

中は空で、そう重くない。二人で棚を持ち上げてずらすと、クシャクシャになった菓子の袋が出て来た。

「チョコレートですね」

市川は手袋をした手でそっとつまみ上げると、透明なビニール袋の中へ入れた。

「よし、指紋を採ってみるんだ。うまくすれば証拠になる」

市川はその袋を明るい方へかざして見た。

あまり可愛いとは言いかねる女の子のイラストがついている。

「よくやった」

と、本山は市川の肩に手をかけた。

「でも……」

「どうした?」

「ここは前にも調べてますよ。そのとき見付からなかったなんて……」

「だが、現にあったじゃないか! そんなものなんだ、捜査というのは」

「前からあったにしては汚れてません。妙ですよ」

「だが、ここにあったんだ。殺人現場にな。そうだろう?」

市川は本山と目が合って、その瞬間に分った。

本山がわざと水を買いに行かせたこと。その間に、一人でここへ入って、あの棚の下へこれを押し込んだのだということ……。

「これでいいんだ」

本山は市川の背中を叩《たた》いて、「さあ、行こう」

と言った。

これでいい？　これでいいのか？

二人は小屋を出た。本山はビニール袋の中の「証拠」を満足そうに眺めている。

市川にも察しがついた。あの菓子の袋には、間違いなく須藤の指紋がついているだろう。

しかし、まさか「本山さんがわざと置いたんです」とは言えない。

須藤は間違いなく犯人だ。それを証拠がないからといって無罪にしていいのか？

もし須藤が自由になって、また誰かを殺したらどうする？

本山の声が、聞こえるような気がした。

市川は車を出して、土手の道を戻って行った。

「——市川」

と、本山が言った。

「はい」

「世の中はな、きれいごとばかりじゃ済まないんだ」

「はい」

「これも人生経験だ。——そうだとも」

人生経験……。

だが須藤の「人生」にとっては？

市川はそう思ったが、口には出さなかった。決して口にすることはないだろう、と分っていた……。

2　写真

電話が鳴ったとき、柿沼明《かきぬまあきら》はパンにバターを塗っていた。

柿沼も、妻の由子《ゆうこ》も、一瞬戸惑いの目を見交わした。

朝の七時半。こんな時間に電話して来る人間に心当りがなかったのだ。いや、柿沼の仕事のことなら、ケータイへかかって来る。

今は居間の電話が鳴っていたのである。

「誰かしら、こんな時間に」

と、由子は目玉焼をのせた皿を夫の前に置いて、「出てみるわね」

と、居間へ入って行った。

「間違いじゃないのか」

と、柿沼は言った。

「でも、出ないわけにいかないでしょ。——もしもし。——はい、柿沼でございます」

柿沼明は、コーヒーを飲んで、ホッと息をついた。

そう早く家を出ることもないのだが、長い間の習慣で目が覚める。——このダイニングキッチンは朝の光が存分に差し込むように作ってあって、爽《さわ》やかである。

この自宅を建てて、まだ一年しかたっていない。今のところ、妻の由子も、娘の梓《あずさ》も気に入っているようだ。

そういえば、梓の奴《やつ》、まだ寝てるのか？　遅刻するぞ。

文句を言ってやりたいが、十六歳ともなると、素直には言うことを聞こうとしない。

仕方ないか……。

ふと、柿沼は由子が戻って来て、じっと自分を見ているのに気付いた。

「どうした？」

「あなたにお電話」

と、由子は言った。

「分った。誰からだ」

と、立ち上りながら訊《き》いたが、由子は答えない。

その妻の、どこか深刻げな表情が気になったが、柿沼はともかく居間へ入って行った。

「あなた」

と、由子が追いかけるようについて来て、「須藤さんの奥さん」

と言った。

柿沼は振り返って、

「須藤啓一郎の？」

由子が黙って肯《うなず》く。

柿沼は、テーブルに置かれた受話器を手に取ったが、すぐには言葉が出なかった。

「――もしもし」

「あ……。柿沼先生でいらっしゃいますか」

力のない声が、やっと聞き取れた。

「柿沼です」

「須藤の家内です」

「どうも……」

「ごぶさたして」とも、「お元気ですか」とも言えなかった。

やや長い沈黙があって、

「あの……」

と、震える声が言った。「さっき連絡がありまして……」

声を詰まらせる。言わせるのは酷《こく》だ。

「執行ですか」

と、柿沼は言った。「ご主人の……」

「はい。色々お世話に……」

そこまでやっと言って、泣き崩れる。

「お役に立てなくて……」

と、柿沼は言ったが、向うには聞こえていなかっただろう。

電話は切れた。——しばし、柿沼は受話器を手にしたまま立ち尽くしていた。

「——あなた」

由子が不安げに立っていた。

「処刑された」

「そう……。でも、仕方ないわよ。あなたのせいじゃない」

由子の言葉は慰めにならなかった。いや、誰の言葉も、今の柿沼の痛みをいやしてはくれなかったろう。

「あなた……。出かける仕度《したく》を」

「うん」

柿沼は、居間の戸棚の引出しを開けた。

縁《へり》のすり切れた大判の封筒が入っている。その中から柿沼は一枚の写真を取り出した。

写真を手に、朝食の席へ戻る。

「あなた……」

「食べる。大丈夫だ」

と、柿沼は言って、「コーヒーをもう一杯くれ」

「はい」

由子が台所に立つのを見てから、柿沼はその写真を手に取って見た。

――クシャクシャになったのを押し広げた菓子袋。

これが唯一《ゆいいつ》の物証だった。

須藤啓一郎の弁護士だった柿沼は、この菓子袋一つで須藤に有罪判決が下り、死刑の宣告があったとき、「それでいいのか?」と自問した。

由子が、

「あなたのせいじゃない」

と言ったのは正しい。

柿沼以外の誰かが須藤を弁護したとしても、結果は同じだったろう。ともかく、須藤自身、あくまで自白は拒み続けていたが、自分の無実を立証しようという熱意に欠けていたのだ。

それでも、直接須藤と結びつく物証が一つもないまま起訴されていたので、柿沼は勝てると思っていた。

そこへ――この、須藤の指紋のついた菓子袋が、犯行現場から発見されたと言われたのだ。

なぜ初めから物証を出さなかったのか。柿沼は追及したが、本山刑事は、

「何度目かの捜索で発見した」

と、涼しい顔で言った。

柿沼に、この証拠を否定するすべはなかった。そして、なぜかこの菓子袋についても、須藤は沈黙したままだったのである。

それにしても……。

判決から、まだ一年もたっていない。

須藤は柿沼の言葉に耳を貸さず、控訴を拒んだ。柿沼にも、どうすることもできなかった。

だが、いかにも早過ぎる！　執行をこんなにもなぜ急いだのか？

見せしめなのだ。そして「報復」を求める世間の声に応《こた》えたのだ。

柿沼は険《けわ》しい表情で、その写真の菓子袋の、あまり可愛《かわい》いとは言いかねる少女のイラストを見ていた。

いきなり、

「お父さん、何見てるの？」

と、肩に手をかけられギクリとする。

娘の梓がいつの間にか背後に立っていたのだ。

梓は十六歳の高校生。ブレザーの制服がよく似合っている。

「あ、このお菓子、好き」

と、梓は写真を覗《のぞ》き込んで、「どうしてこんな写真見てるの？」

「証拠品なんだ、事件の」

と、柿沼は写真をテーブルに置いた。「早く食べないと遅刻するぞ」

「余裕よ。——あ、この袋、珍しい」

と、梓が写真を手に取って言った。「私、よくコンビニで買って来るけど、このイラストのはもう出てないのよね」

梓が写真を置いて、台所の母へ、

「お母さん、スクランブルエッグね」

と、声をかけ、椅子《いす》を引いて座った。

「——梓」

と、柿沼は言った。「珍しい、ってのはどういう意味だ？」

「え？」


梓はキョトンとしていたが、「ああ、そのお菓子のこと？　あのね、それ売り出したときは小さな子供のイラストだったの。それが、『子供に虫歯がふえる』とか言われてイラストを変えたのよ。それがその写真のやつ。でもさ、可愛くないでしょ、その女の子のイラスト」

「ああ、そうだな」

「それで、女子学生の間で凄《すご》く評判悪くて、コンビニとかでもまるで売れなかったのね。で、メーカーがあわててまたイラストを変えて、今出てるのにしたの」

「すると……この写真のは、あまり長く売ってなかったのか？」

「確か三か月くらいで、お店から引き上げちゃったはずよ」

「何が三か月なの？」

と、由子が紅茶をいれて来た。「はい、今卵持って来るわ。パン、焼く？」

「うん、一枚」

由子は、夫がじっと写真を見つめているのに気付いて、

「あなた……。もう忘れて」

柿沼は黙って写真を伏せると、パンをかじった。——自分が食べていることにすら、気付かない様子だった。


「柿沼さん」

意外そうに、その男は足を止めた。「誰かと思いましたよ」

「久しぶりだな」

と、柿沼は言った。「忙しいところ、すまない」

「いえ……」

大津《おおつ》政広《まさひろ》は、喫茶店の、すり切れたソファに腰をおろした。

太り気味で、大分髪の薄くなっている大津は、見たところ柿沼より老《ふ》けて見える。しかし実際には柿沼が四十二歳、大津はまだ三十八歳である。

「聞いたんですか」

と、大津はコーヒーを頼んでおいて言った。

「うん」

柿沼は肯いた。「細君から電話があった」

「柿沼さん、ずいぶん一生懸命やりましたものね」

「はい、どうぞ」

店の奥さんがエプロンをつけて、コーヒーを大津の前に置く。「こちら、前に同じ事務所にいた方よね」

と、柿沼を見て、

「ずいぶんお洒落《しやれ》になって。見違えちゃったわ」

柿沼は愛想良くする気分ではなかった。

しかし、この古びた喫茶店に、今の柿沼が似合わないことは確かだ。大津の、すっかり型崩れしたスーツと比べて、柿沼のスーツが高級品だということは一目で分る。

「しかし、執行が早過ぎますよね」

と、大津は疲れたように息をついて、「こんなことがどこまで続くんでしょう」

「早過ぎた。――とんでもないことだったんだ」

柿沼はあの菓子袋の写真をテーブルに置いた。「これを見てくれ」

「例の指紋の出た……」

「ああ。しかし、それはあり得ないことだったんだ」

柿沼は、今朝梓から聞いた話を伝えて、「今、メーカーの本社へ行って、話を聞いて来た。このイラストの袋で売られたのは、一昨年の十二月から三か月だけだそうだ」

「一昨年の十二月から？」

大津が眉《まゆ》を寄せて、「待って下さい。そうなると……」

「須藤が逮捕されたのは十一月の半《なか》ばだ。十二月といえば、取調べの最中ということになる。須藤がこれを現場に残せるはずがない」

大津が愕然《がくぜん》として、

「柿沼さん……」

「この証拠はデッチ上げだ。たぶん本山だろう。自白が取れなくて焦《あせ》っていたんだ」

「何てことだ……」

大津は震える手で写真を取り上げると、「これだけしか物証がなかったのに!」

「俺たちもうかつだった。もっともっと、とことん調べるべきだったんだ」

「しかし……。そうか。袋の製造年月日のところがちぎられて失《な》くなっていたのは、そのせいなんですね」

「それだけでも怪しいと思うべきだった。——娘にひと言聞いてみれば、簡単に分ったことなんだ」

「でも、まさかそこまで……」

大津は意味もなく上着のボタンを指でいじっていた。「須藤は死んじまったんですよ」

「ああ。しかし、放っておけない」

「どうして何も言わなかったんだろう、須藤も」

「何か事情があったんだ。自白もしない代り、無実を証明しようともしなかった。だが、それはともかく、証拠の捏造《ねつぞう》は許されることじゃない」

「どうしますか」

「この件を公表するんだ。手遅れでも、須藤の名誉を回復できる」

「会見を開きましょう」

大津は立ち上って、「すぐ事務所で相談して来ます」と、喫茶店を飛び出して行った。

柿沼は、胸の奥に消えることのない痛みを抱えつつ、冷めたコーヒーをゆっくりと飲んでいた……。

3　暗がり

本当に……。

いてほしい、と思うとき、ちゃんとそこにいてくれる。そんな人は珍しい。

伸代《のぶよ》は、マンションの入口の階段を、重いショッピングカーを苦労して引張り上げていた。そこへ、バタバタとサンダルの音がして、

「奥さん！　私が持ちますよ！」

と、作業服姿の男性が駆けて来る。

「悪いわね、宮井《みやい》さん」

「何言ってるんです。下に置いて、声かけてくれりゃいいんですよ」

マンションの正面。ロビーが道路から少し高くなっていて、五段の階段を上らねば

ならない。

「設計した人は、年齢《とし》とって五段上るのが大変になるなんてこと、考えもしなかったのね、きっと」

仲代は、スーパーで買った重い袋を入れたショッピングカーを宮井に任せて、息をついた。

もう秋。それも晩秋と言っていい季節だが、ここまでショッピングカーを引いて歩いて来ると、少し汗ばむ。

「ありがと、宮井さん」

ロビーに入ると、仲代は言った。「もういいわ」

「エレベーターまで」

このマンションの管理人、宮井壮介《そうすけ》はオートロックの扉を、腰からチェーンで下げた鍵《かぎ》で開けた。

「一番上まで行ってる」

エレベーターのボタンを押して、「明日は点検で、二時間ほど停《と》まりますから」

「明日だった？　来週じゃなかった？」

「明日です。貼紙《はりがみ》してあるし、ポストにもお知らせ入れましたよ」

「見たけど忘れちゃった」

と、加藤《かとう》伸代は肩をすくめた。

「全く……」

と、宮井は笑って、「これ以上どうしますかね」

「むだよ。年齢とれば、何度聞いたって忘れるわ」

伸代は六十代の半ば。まだ足腰は丈夫である。

エレベーターは、最上階の八階から、ゆっくりと下りて来る。

「新聞、見た？」

と、伸代は言った。「須藤さんのこと」

「ああ……。執行されたそうですね」

と、宮井は肯《うなず》いた。「感じのいい方でしたが」

「ねえ。人間って分らないわね」

――須藤啓一郎が住んでいたのは、このマンションの六階である。

「あの部屋、まだ奥さんが持ってるの？」

と、伸代は訊《き》いたが、

「さあ……。私はよく知りません」

と、宮井は曖昧《あいまい》に答えた。

ちょうどエレベーターが一階まで下りて来て、扉がスルスルと開いた。同時に中から女の子が飛び出して来て、危うく仲代にぶつかりそうになった。

「危いわよ！」

と、仲代は叱《しか》ったが、女の子はもうロビーへと走り出てしまっていた。

「小学生ね。どこの子？」

「近所の子ですよ。ここの友だちの所へ遊びに来たんでしょう」

「そうね。――じゃ、どうも」

仲代はエレベーターに乗って、〈5〉のボタンを押した。扉が閉る。

「本当にいい人だわ」

と、仲代は呟《つぶや》いた。

宮井壮介は、仲代の知っている範囲でも、このマンションの管理人としては四人目だった。今、五十代半ば。ここへ来たのは、五十そこそこだった。

それまでの管理人は年寄りで、力仕事は面倒がってやろうとしないし、受付に座っていても、ほとんど居眠りしていたものだ。

宮井は真面目《まじめ》で愛想が良く、夜中でも、水洩《も》れがあったりすると、すぐ駆けつけてくれる。

「いつまでもいてほしいわ……」

仲代は五階で降りた。

そうだわ。――今度は、「部屋まで運んでくれる？」と頼んでみよう。

宮井はきっと喜んでやってくれる。そうしたら、ちょっと上ってもらって、お茶とお菓子でも出してあげられる……。

「そうしましょう」

と、仲代は口に出して呟いていた。

仲代とエレベーターの前で別れて、宮井壮介は建物の裏手に出た。

スチールのドアを開けると、中はゴミ置場である。住人たちは二十四時間、いつでもここにゴミを出せる。

宮井がそれをゴミ収集車の来る時間に合せて外に出すのである。

今朝出したばかりだが、もう中には段ボールと、大きなゴミ袋が三つ四つ積まれていた。

住人の中には、可燃ゴミ、不燃ゴミの区別をよく分っていない人もいて、宮井が見直さなければならない。

中の明りを点《つ》け、宮井は段ボールを手に取ろうとして、ギョッと立ちすくんだ。

ゴミ袋の向うで、何かがゴソッと動いたのである。

だが――すぐに宮井はホッと息をついて、

「何してるんだ、こんな所で？」

顔を出したのは、さっきエレベーターから駆け出して来た女の子だった。

「シーッ」

と、女の子は宮井に言った。「隠れてんの！」

「ああ……。隠れんぼか」

宮井は笑って、「しかし、こんな所に隠れなくても」

「セッちゃん、いた？」

「誰だい？　――ああ、八階の子だね。セッちゃんっていうのか」

「言っちゃだめだよ」

「分った分った。君はどこの子？」

「私んち、この裏のパン屋さん」

「あのパン屋の子か。同じ学校？」

「うん」

「何年生だい？」

「三年生」

「ふーん」

「おじさん、ゴミ出しに来たの？」

「いや、おじさんは片付けに来たんだ。しかし……」

宮井は言葉を切って、少しの間女の子を眺めていた。

ゴミ置場の照明は薄暗い。そこにうずくまるように隠れている女の子は、モノクロ写真を見ているかのようで、どこか現実感が失われていた。

「――まだここで隠れてるのかい？」

と、宮井は言った。「おじさん、また後で来ようか。ゴミをいじるとくさいからね」

「うん」

「分った。――明りは点けといてあげよう」

「セッちゃんに言わないでね」

と、女の子は念を押した。

宮井はマンションの正面玄関へ回って、ロビーへと入って行った。

オートロックの扉が開いて、中から八階の子が出て来た。

「おじさん！　アコちゃん、いなかった？」

「アコちゃん？　誰だい、それ」

「今、隠れてるの」

「そうか。見かけなかったな」

と、宮井は言った。

「捜して来る」

と言って、「セッちゃん」は駆け出して行った。

「車に気を付けるんだよ！」

と、宮井は声をかけていた。「──危いんだからな、全く」

母親は何してるんだ？　事故に遭ってからじゃ遅いんだぞ。

苛々《いらいら》と、宮井はエレベーターの方へ目をやった。確か、あそこの母親は働いていていつも帰りは夜の九時ごろだ。

あれじゃいけない。──女はちゃんと家にいなきゃ。

「女はちゃんと家にいなきゃ」

か……。

そう言ったのは誰だったかな？　どこかでそう言われたが忘れてしまった。

宮井は受付のカウンターの中へ入ろうとして、ふと時計へ目をやった。

あの子はまだ隠れているのだろうか？

ゴミ置場の奥で。薄暗い明りの下で。

誰も来ない。こんな時間にゴミを捨てに来る人間はいない。

しばし棒のように突っ立っていた宮井は、突然走り出して、マンションを出ると、裏手へと回って行った。


我ながら、うっとりするような香りだった。

甘く、香ばしく、そしてちょっぴりコーヒーの苦い味が混った……。

「傑作だわ！」

と、加藤伸代は自分の焼いたクッキーを一つつまんで、思わず呟いていた。

本当に良くできた。——これまでにも何十回となく、クッキー作りはやって来たが、これほどの出来は初めての経験だ。

伸代は、これを家族だけで食べるのはあまりに惜しい、と思った。マンションの親しくしている奥さんや、ご近所の方も呼ぼう。

大皿にクッキーを盛ると、仲代は電話の方へ行きかけて、ふと足を止めた。

「そうだわ」

宮井に持って行ってあげよう。

前に確か、

「酒は飲まないので、甘いものが好きなんですよ」

と言っていた。

さっき、ショッピングカーを運んでくれたし。——仲代は、引出しから紙皿を出して、クッキーを五、六個のせると、ラップをかけた。

仲代は紙皿を手に、部屋を出てエレベーターへと向った。

一階まで下りて、受付を覗《のぞ》いたが、宮井の姿はない。

「奥かしら。——宮井さん？」

受付の奥には宮井の眠る部屋があったが、覗いてみても空である。

出かけたのかしら？

少し迷った仲代は、紙皿を受付のカウンターに置いて行こうかとも思ったが、誰が持って来たか分らなくては、宮井も食べる気になれまい……。

そのとき、どこかで物が倒れるような音がして、仲代は気付いた。

「ゴミ置場だわ」

持って行っても、あそこで食べるわけにはいくまいが、でも声をかけて、カウンターの内側にでも置いておけば……。

伸代はマンションの裏手に回って、ゴミ置場のドアをそっと開けると、

「宮井さん……」

と、声をかけた。「ちょっと……」

薄明りでよく見えなかったが、奥の方で宮井が膝《ひざ》をつき、伸代の方へ背を向けているのが分った。

「ごめんなさい、お仕事中に」

と、中へ入って、「クッキーを焼いたの。受付に置いとくから――」

宮井はゆっくりと振り向いて、伸代を見た。どこか奇妙な視線だった。

いつもの宮井と違う。伸代はちょっと首をかしげた。

「何ですって?」

と、宮井は言った。

声がかすれている。少し目が慣れて、伸代は宮井がひどく汗をかいていること、そして宮井の向う側に、白いものが横たわっているのに気付いた。

「クッキーを焼いて……」

仲代は言葉を切った。

宮井の前に横たわっているのは、女の子だった。白いのは、裸だったからだ。

宮井の周りに、女の子の服が散らばっていた。冷たいコンクリートの床に、女の子は全裸で横たわっている。

何なの？——これはどういうこと？

仲代は呆然《ぼうぜん》として、その光景を見ていた。

宮井が立ち上った。

「奥さん……。この子はね、何でもないんですよ」

と、宮井は言った。「ちょっと遊んでただけでね。眠ってるんです。死んだわけじゃないんですよ」

「あなたは……」

仲代の手から紙皿が落ち、クッキーが散らばって砕けた。

「奥さん。もったいないですよ」

と、宮井は言った。「きっとこの子も喜んで食べますよ……」

仲代はやっとドアを開けて外へ飛び出した。

「誰か！——誰か来て！」

サンダルが脱げたのにも気付かず、表の通りへと駆け出していた。

ちょうど、顔見知りの住人が帰宅して来たところに出くわす。

「お願い！ 助けて！」

と、そのサラリーマンの上着をつかんで、「あの人が——管理人が、女の子を」

「奥さん。どうしたんです？」

「ゴミ置場で……女の子が裸にされて……」

「何ですって？」

当惑顔のサラリーマンは、仲代がその場に膝をついて泣き出すのを見て、頭をかいていた……。

4 父と子

こんな映画だったなんて……。

信忍《しのぶ》は、試写会に来たことを後悔していた。

適当に出したハガキが当って、試写会に招待されたのだ。信忍の好きなスターが出ている、という、それだけの理由で出したハガキだった。

映画の内容はほとんど知らなかったのである。

ただ、「刑事物」で、信忍の好きなスターが拳銃《けんじゅう》を構えている、等身大のパネルが、試写会場の入口に立っていたことは分っていた。

でも、もともとTVドラマで人気の出たスターだし、刑事物といってもTVの二時間ドラマの延長みたいなものだろうと思っていたのだ。しかし……。

映画が後半に入るころには、客席は何だか重苦しい空気になって来ていた。

見に来ていたのは半分以上、信忍のような女子高校生か中学生で、初めの内は「突っ込み」を入れながら見ていたり、ひいきの「スター」が大熱演を見せるとクスクス笑ったりしていたのだが、その内、誰も笑わなくなってしまった。

それはいささか女の子には刺激の強い、シリアスで暴力的なシーンの連続する刑事物だったのである。

しかも主人公である若い刑事は、訊問《じんもん》にとぼけて答えようとしない容疑者を殴ったり蹴《け》ったりするのだ。——信忍は見ていられなくて、よほど席を立って帰ってしまおうかと思った。

しかし、一緒に来たクラスメイトの妙子《たえこ》が結構熱心にスクリーンに見入っているので、帰ろうとも言い出せなかった……。

ラストの銃撃戦に至っては、血しぶきは飛ぶわ、腕がちぎれて転がるわ……。

客席からも、「キャッ！」と悲鳴が上った。

まあ信忍は、そういう描写はどうせ作りもので、まともに見なければいい、と思っていたのだが、やはりラストで、犯人を追いつめた主人公の刑事が、武器を持たずに負傷して倒れている犯人を黙って射殺してしまう場面には眉《まゆ》をひそめた。

エンドクレジットが長々と出て来ると、ザワザワと席を立つ客もいる。

信忍は場内が明るくなるのを待って、立ち上った。——何となくスッキリしない表情の客が多い。

「結構面白かった」

と、妙子は喜んでいる。

「そう？　私、あんまり好きじゃない」

と、信忍は言った。

「どうして？　彼が出てんだからいいじゃない」

「でも……」

映画館を出ると、信忍は気分を切り換えて、

「ね、ラーメンでも食べて帰ろうか」

と提案した。

「うん！　私、餃子《ギョーザ》も食べる」

川崎《かわさき》妙子は、細身の信忍に比べると大分太っているし、よく食べる。

「そこの中華が安くておいしい」

高校生同士で入れる店は限られている。信忍にしても、親のクレジットカードを好きに使えるような身分ではない。

早々に食べて帰らなくては。——むろん、母親にはちゃんと試写会に行くと言ってあるが、それでもあまり遅く帰るわけにはいかない。

「——信忍のとこは、お父さん刑事だもんね」

と、妙子が注文を終えてから言った。「細かいところが気になる？」

「まあね……。でも、ドラマだから少々違っててもいい。ただ、あんな風に容疑者を殴ったりしないよ」

「そうなの？」

「当り前だよ。そんなことして、容疑者にけがさせたりしたら大変じゃない」

「そうか」

「うちのお父さん、いつもTVに向って文句言ってるよ」

「でも、まあ作り話だから。ね？」

妙子は大して気にしていないようだ。

ラーメンが来て、食べ始める。

店の奥に50インチぐらいのTVがあって、二人が食べている間にニュースが始まっていた。

しかし、信忍と妙子は、学校のクラブ活動についての話が弾んで、ニュースはさっぱり耳に入らなかった。

信忍がふとTVのニュースに目を向けたのは、「須藤啓一郎」という名前が耳に入ったからだった。

「大体、先輩だからって、何でも言いつけていいってことにはならないよね」

と、妙子はクラブの話を続けていたが、「――信忍、聞いてる？」

信忍はちょっと間を置いて、

「ごめん。ニュースが……」

「何かあったの？」

店は結構混んでいて、騒がしかったので、ニュースの音声はよく聞こえなかった。

「須藤啓一郎っていったから……」

「あのTVにもよく出てた人？　死刑になったって新聞で見たよ」

「うん。そうだけど……」

信忍は、TVの画面に、チョコレート菓子の空袋が映し出されていたのが気になった。

あれは確か……。

そしてTVには須藤啓一郎が逮捕されたときの映像が流れていた。その腕をつかんでいるのは、信忍の父、本山悠吉《ゆうきち》だった。

しかし、何のニュースなのか、アナウンサーの声は、酔って笑い声を上げるサラリーマン風の数人の客のせいで、かき消されてしまっていた。

須藤が処刑されたことは、信忍も知っている。しかし、そのニュースにしては、あの菓子袋の写真や、逮捕時の映像が画面に出るのは妙だと思えた。

ニュースは他の番組に変えられてしまった。

信忍はラーメンを食べ終えると、

「帰ろう」

と、妙子を促して立ち上った。

漠然とした不安が、信忍をせき立てていた……。

妙子と駅で別れると、信忍はケータイを取り出し、ホームに上る前に足を止めてボタンを押した。

呼出し音が少し長く続いて、諦《あきら》めかけたとき、向うが出た。

「お姉ちゃん？ 私」

「信忍。――どこからかけてるの？」

と、姉の秋乃《あきの》は言った。

「外なの。映画の試写会に行って、今帰るところ」

「信忍。――見たの？」

「え？」

「TVのニュース」

「それが……。画面だけ見たけど、声が聞こえなかったんだ。気になって。――何のニュースだったの？」

少し間があった。

「信忍。須藤さんが死刑になったこと……」

「知ってる。そのニュースなの？」

「そうじゃないの。もしかしたら……。あの人は犯人じゃなかったのかもしれない」

「え……」

「指紋のついた菓子袋、憶《おぼ》えてる？」

「うん。TVにも映ってたよね」

「あれが……でっち上げたものだったって」

信忍は息をのんだ。

「それって——」

ホームに電車が入って来て、轟音《ごうおん》が電話の声をかき消した。

「もしもし。——お姉ちゃん？ ——もしもし？」

通話は切れてしまっていた。

信忍はためらったが、ケータイをバッグへ入れると、ホームへと駆け上って行った。

——本山信忍は今十七歳。高校二年生である。

姉の秋乃は今、二十四歳。去年、父の部下だった市川登《のぼる》と結婚した。

市川は結婚前に警察を辞めて、民間の信用調査機関に就職していた。

「でっち上げ？」

——姉の言葉が、信忍の頭の中で、こだまのように反響していた。

駅のホームに降り立つと、信忍は一人だった。

家まで二十分ほど歩く。

改札口を出たところで、ケータイが鳴った。

「お姉ちゃん？」

「さっきはごめん。登さんが帰って来たんでね」

「うん。それで——どういうことなの？」

歩きながら、信忍は秋乃から菓子袋の矛盾点について聞いた。

「でも、どうして……。誰がそんなことしたんだろ」

と、信忍は言った。「お義兄《にい》さんは何て言ってる？」

「その話はしてほしくないらしいわ。黙って引っ込んじゃった」

「そう。——でも犯人じゃない人を死刑にしたなんて、大変だよね」

「ともかく、お父さんにも何も言わないようにして。いいわね」

「うん……」

「あら、玄関のチャイムだわ。誰かしら、こんな時間に。——信忍、ごめんね。切るわ」

「うん。じゃまた夜中にでも」

信忍は、ちょっとため息をつくと、足どりを速めた。

「はい、どちら様でしょう」

玄関へと下りながら訊《き》くと、

「警視庁の神月《こうづき》です」

という声。

「あら。——まあ、課長さん」

秋乃は玄関のドアを開けて、「どうぞ。すっかりごぶさたして」

「いやいや。——この辺もマンションがふえましたね。ここを見付けるのに少し苦労しましたよ」

かつて市川の上司だった神月は、すっかり髪が白くなって、前よりずいぶん老《ふ》けて見えた。

「市川君はいますか」

と、神月は言った。

「おります。——どうぞ」

呼びに行くまでもなかった。

「どうも」

居間から市川が出て来た。

「突然すまん」

「いえ。きっとみえるだろうと思っていましたよ」

市川はカーディガンをはおって、「どうぞ、中へ」

「うん」

「コーヒーをいれてくれないか」

と、市川は秋乃へ言った。

「はい」

「すみませんね、奥さん」

「課長……。秋乃にも関係のある話でしょう？」

と、市川は言ってソファに身を委《ゆだ》ねた。

「まあ、そうだな」

神月は息をついて、「こんな話をしに来るとは思わなかったよ」

と言った。

「ニュースは見ましたよ」

「そうか。——奥さんも？」

「ええ、知っています」

少し間があって、神月が言った。

「教えてくれ。君は知ってたのか」

秋乃は、居間の入口で足を止め、夫の返事に耳を傾けた。

5　背信

市川は、すぐには返事をしなかった。

秋乃は夫の言葉を待ちながらも、そのまま立っているわけにもいかず、キッチンに入った。

コーヒーの粉を出して、ドリップで淹《い》れる。

夫が何と言っているか、耳はじっと居間の方へ向いていた。

「あのチョコレートの袋を見付けたとき、君も一緒だったんだろう」

と、神月は言った。「話してくれ」

市川登は厳しい顔で、

「課長。——これは正式な聴取じゃありませんね」

と言った。

「もちろんだ。ともかくあのときの事情を知りたい」

市川はそっと息を吐くと、

「あの日は妙でした」

と言った。「いつもの本山さんじゃない。そう思ったのを憶えています……」

市川は、殺人現場の小屋に着いたとき、本山が「薬をのむ」と言い出し、市川一人が車でコンビニへ行って水を買って来たことを話した。

神月は疲れたように息をついて、

「その間に菓子の袋を隠したんだな」

と言った。「君もそう思ったんだろう」

市川は、ちょっと眉《まゆ》を上げて、

「誰にだって分りますよ。本山さんは、それを知られても構わないと思ってたんです。須藤が犯人なのは間違いないんだから、これぐらい、どうってことはないと……」

秋乃は、夫と神月にコーヒーを出した。カップを置く手が震えていた。

「奥さん。こんなことになって、残念です」

と、神月は言った。

「いえ……」

秋乃はソファにかけると、膝《ひざ》にのせた盆を固く握りしめた。

「課長」

と言ってから、市川は、「神月さん」

と言い直した。

「僕には証言はできません。本山さんは立派な警察官ですよ。むろん、今の僕には義《ち》
父《ち》でもありますし、不利な証言は……」

「分るよ」

神月は肯《うなず》いた。「いずれにしろ、困ったことだ。ああはっきりと矛盾が公《おおやけ》になって
はな。マスコミの批判は避けられない」

「勝手に言わせておけばいいんですよ。二、三週間もすれば忘れます」

「しかしな……」

神月のポケットでケータイが鳴り出した。

「おっと。――珍しいな」

「課長さん、その曲……」

と、秋乃が微笑《ほほえ》んだ。

「うん、何だかアニメの主題歌だそうだ。孫が勝手に入れちまって。自分じゃ変えられないんだ」

神月は照れたように言って、「──もしもし。──ああ、何だ？」

市川はやっとカップを取り上げてコーヒーを飲んだ。

「あなた」

と、秋乃が言った。「さっき、信忍からも電話が」

「そうか。どう言ったんだ？」

「まだ何も」

「それでいい。お義父《とう》さんを家族が責めたりすることはやめよう」

「でも……」

と言いかけた秋乃は、

「──間違いないのか」

と言う神月の声の、異様なトーンに口をつぐんだ。

市川と秋乃は、思わず顔を見合せていた。神月の顔から血の気がひいている。

「すぐ直行する」

と言って、神月はケータイを握りしめたまま呆然《ぼうぜん》としている。

「何かあったんですか」

と、市川が訊いた。

「市川……。あのマンションだ」

「あの？」

「須藤の住んでいたマンションで――女の子が殺された」

「まあ……」

「犯人は……管理人だった」

市川も身をのり出していた。

「あのときもいた男ですか？」

「うん。――現行犯逮捕された」

重苦しい沈黙があった。神月は立ち上って、

「すぐ現場へ行く」

と言った。

「課長」

市川もほとんど反射的に立ち上っていた。「同行させて下さい」

「あなた……」

秋乃は腰を浮かした。

「しかし……」

神月は少しの間迷っていたが、「――分った。一緒に来い」

市川は、

「すぐ仕度《したく》します」

と、小走りに奥へ入って行く。

秋乃は夫を追って行くと、

「あなた。――もう刑事じゃないのよ」

「分ってる。しかし、放っておけない」

市川は手早く着替えた。その素早さは、現役の刑事に戻っていた。

「行って来る。心配するな」

「でも……」

玄関へ出ると、神月はもう表で待っていた。

秋乃が玄関へ下り、サンダルをはいて外へ出たとき、もう神月と市川の車は走り出していた。

秋乃は道へ出て、遠く夜の中へ消えていく車の灯《ひ》を見ていた。

急に、疲労が重くのしかかって来て、秋乃は立っているのもやっとだった。

家の中へ戻っても、ソファに身を沈め、立ち上る気力もない。

「お父さん……」

父が――証拠をでっち上げた。

そして今、須藤の住んでいたマンションで、管理人が女の子を殺した……。

秋乃にも、その意味するところは分っている。

偶然、同じマンションの人間が全く同じように女の子を殺すことなど、まず考えられない。つまり――須藤がやったとされている幼女殺人が、その管理人の犯行であった可能性が高いということだ。

夫が言ったように、父は「須藤が犯人なんだから、証拠をでっち上げても構わない」と思ったのだろう。

しかし、今、その根拠自体が揺らいでいるのだ……。

もし――もし須藤が犯人でなかったら。

須藤はもう処刑されてしまったのだ。

「ああ……」

秋乃は顔を覆《おお》って、思わず声を上げた。

「慎一《しんいち》。――おい、慎一」

どこかで呼ぶ声がした。

慎一だって？ 俺の名前と同じじゃないか。

まあ、別に構わないけどな。どこにだってある名前さ、慎一なんて。

「慎一、返事しろよ」

と、その声は近付いて来て、「酔ってるのか」

「酔ってなんかいねえよ」

慎一は、もつれた舌で言った。「誰だよ、気軽に呼ぶなって」

「捜したぞ」

場違いな大人が立っていた。

空っぽになったビルの一階に、慎一と同年代――十六、七の少年たちが集まっていた。

ビールの空缶が転り、タバコの匂《にお》い、シンナーの匂いが立ちこめている。

背広にネクタイのその「大人」は、慎一の肩をつかんで揺さぶった。

「しっかりしろ！　俺だ。田淵《たぶち》だ」

慎一は顔を上げた。ガランとしたビルの中は声が響くのでよく分らない。

「先生か……。何だよ」

と、慎一は小声で言った。「邪魔だよ。帰ってくれよ」

他の男の子たちが警戒している気配。

背広姿の四十男は仲間であるはずがない。

「慎一、ニュースを聞いてないのか」

と、A学院高校の教師、田淵は言った。

「知ってるよ」

慎一は顔をそむけて、「親父《おやじ》が死んだってことだろ」

と言った。

「気の毒だったな。しかし、その後のことは知らないのか」

「何だよ、後って？」

須藤慎一は田淵の方を見た。

「聞いてないんだな。親父さんの有罪の決め手になった証拠が、警察のでっち上げだと分ったんだ」

　慎一は、すぐには話の意味が分らなかった。

　父、須藤啓一郎の死刑が執行されたことは知っている。しかし……。

「だから何だっていうんだい？」

　と、慎一は訊《き》いた。「親父は死んじまったんだ」

「分ってる。だが親父さんは犯人じゃなかった。本当の犯人らしい男が捕まったんだ」

　慎一は初めて、手に持っていた缶ビールを放り出した。

「――本当に？」

「ああ。ともかく今は大騒ぎだ。お前も家へ帰れ」

「だけど……」

　混乱していた。

「お母さんは？　連絡とれるか？」

　と、田渕が訊く。

「分んないけど……。たぶん……」

「マスコミが捜し回ってる。今、どこに住んでるんだ？」

「今は……叔父さんの家だよ」

「そうか。じゃ行こう。立てるか?」

よろけながら立った慎一は、頭を強く振った。

「俺につかまれ。——そうだ、急がなくていいぞ」

大柄な田渕が支えてくれて、慎一は何とかビルの外へ出た。自分で思っている以上に酔っていたようだ。

「俺の車だ。乗れ」

田渕が小型車の助手席に慎一を押し込んだ。

「狭い車だな」

と、慎一は文句を言った。

「ぜいたく言うな」

と、田渕はエンジンをかけて「教師の給料じゃ、これが精一杯だ。——どこなんだ、叔父さんのお宅っていうのは?」

慎一の要領を得ない説明で、ともかく大方の見当をつけて車を出した。

車を走らせながら、田渕はニュースで聞いた大まかな事情を話して聞かせた。

「——ちょっと」

と、慎一が苦しそうに言った。「車、停《と》めて」

「大丈夫か？」

田渕が道の端へ車を寄せて停めると、慎一は車から這《は》い出すように出て、道の傍にしゃがみ込んだ。

田渕も車を出ると、吐いている慎一を、少し離れて見ていた。ビールのせいもあったろうが、田渕の話がショックでもあったのだろう。

慎一はしばらくうずくまったまま、肩で息をついていたが、やがてゆっくりと立ち上った。

「——大丈夫か」

田渕はポケットティシューを慎一に渡した。

慎一は何枚か引き抜くと、口の周りを何度か拭《ぬぐ》って、

「——ありがとう」

と言った。

声はしっかりして来ていた。

「乗れるか？」

「うん……」

「ゆっくり走らせるからな」

田渕は慎一の肩を軽く叩《たた》いた。

酔いも覚めたらしい。慎一はちゃんと道順を説明した。

夜道を車でしばらく走っていると、

「――ひどいじゃないか」

と、慎一がポツリと言った。

田渕はチラッと慎一の方へ目をやった。

「全くな。ひどい話だ」

「あの刑事――本山っていったっけ。あいつだな」

「ともかく、警察はまだノーコメントで通してる」

慎一はじっと前方をにらむように見つめていた。

「――その角の家だよ」

と、慎一は言った。「母さんに何て言おう?」

「もうお母さんもご承知かもしれない。ともかく、俺が話をしよう。いきなりマスコミの前に出るのは無理だろう」

「うん」

慎一は肯《うなず》いて、「先生。ありがとう」

と言った。

田渕と二人、その家の玄関のチャイムを鳴らすと、すぐにドアが開いた。

「慎一か」

出て来たのは五十がらみの禿《は》げた男で、

「母さんは？」

と、慎一は言った。

「一緒じゃないのか」

「いないの？」

「ああ……。まだ帰らないんだ」

田渕は玄関を入って、

「慎一君の担任教師の田渕といいます。——須藤さんは……」

「それが……昼ごろ出かけて、それきり帰らないんです。連絡もなくて、心配しているんですが」

「心配？」

慎一が叔父をにらむと、「いられると迷惑だ、早く出てってくれと言ってたくせに！」

「慎一……」

「ともかく、今は慎一君のお母さんを見付けないと」

と、田渕は言った。「心当りはないのか」

慎一は首を振った。

「ニュースをご覧でしょう。お母さんは証拠の捏造《ねつぞう》のことや、マンションの管理人が捕まったことをご存知だったんですか？」

「さあ……。ニュースが流れる前に出かけてしまって……」

田渕は深く息をついた。

「この辺を捜そう。――慎一、行こう」

と、田渕は促して道へ戻った。

「母さんは……」

「ともかく捜そう。歩いて出たとして、この近くからだ」

田渕は慎一の肩を叩いて、二人は左右へ分れて小走りに歩き出した……。

6 空っぽの日

「お疲れさま」

――その同じ言葉を、今日は何回聞いただろうか。

でも、その内の一つだって、本当に「疲れている」ことを心配して言っているのではない。ただの記号だ。ただ「仕事が一つ終った」という合図に過ぎない。

エリにとって、その言葉はほとんど意味をなさない。なぜなら、「次の仕事」がいつも待ち受けているのだから……。

「今日はこれで帰れるんだっけ？」

エリはスタジオを出て、安西浄美《あんざいきよみ》に訊いた。

「ええ。インタビューの申込みがあったけど断った」

「ありがとう。眠いわ！」

エリは車に乗って、すぐにリクライニングを一杯に倒すと、目をつぶった。

でも――何だかいつもと違う。

エリはそう直感していた。安西浄美の動作が、いつもと違う。

車が走り出した。エリはホッとした。

でも、いつもなら必ず車を出す前に、

「いいですか？」

と、浄美は訊くのだが。

エリはすぐにウトウトしかけたが、ふと気が付くと、車は停っていた。

「もう着いたの？」

エリは座席を起した。

「いえ、まだスタジオの近くです」

窓の外を覗《のぞ》くと、どこかビルの裏手らしい。

「どうしたの、こんな所で」

と、エリは訊いた。

穂波《ほなみ》エリ、十九歳。――今一番忙しいアイドルスターの一人である。

車を運転している安西浄美は、三十歳を過ぎたところ。エリのマネージャーで付き人でもある。

「お話ししておいた方がいいと思って」

と、浄美は前方へ目をやったまま言った。「何も知らないでしょ？」

「何のこと?」

「——須藤さんのことです。須藤啓一郎さんのこと」

エリは座り直した。

「どうしたの?」

「それが……。色々なことが一度にあって」

浄美は口ごもった。

「話して。——言ってよ」

エリは浄美の腕に手をかけた。

「須藤さんは亡《な》くなりました」

「亡くなった……」

「刑が執行されて……」

エリは震えた。血の気のひくのが分る。

「エリさん! 大丈夫ですか?」

「ええ……。そんなことって……」

エリは唇をかみしめた。

「ところが——有罪の根拠になった、唯一《ゆいいつ》の証拠が捏造だったと分ったんです」

エリは愕然《がくぜん》とした。

「じゃあ……」

「しかも、今日の午後、須藤さんのいたマンションの管理人が、女の子を殺して逮捕されました」

エリはハンカチをバッグからつかみ出すと、固く握りしめた。

「TVは大変です。真犯人はその管理人だったんだろうって。——須藤さんは無実だったって」

「当り前じゃないの、そんなこと！」

エリは震える声で言った。「分ってたじゃないの！」

「エリさん……」

「でも、死んじゃったのね？　もう戻って来ないのね？」

「そうです」

エリはハンカチを顔に押し当て、ワッと泣き出した。

浄美はただ黙ってハンドルに両手を預けたまま、じっと前方を見つめていた。

——何分泣き続けただろうか。

エリは、しゃくり上げながらハンカチを手の中でクシャクシャにして、何度も肩で息をついた。

浄美は少ししてから、

「マンションに帰っていいですか?」

と訊《き》いた。「どこか、他へ?」

エリは一度大きく息をつくと、

「帰って」

と言った。

車が動き出す。

深夜で、道は空いていた。

「夢じゃないのね、これ」

と、エリが言った。

「そうですね」

「ひど過ぎる」

「本当に。——あんなにいい人を」

エリはじっと唇をかんで、また泣き出しそうになるのをこらえていた。

「もうじきですね」

マンションのすぐ近くまで来て、急に車は停った。浄美は眉《まゆ》をひそめて、

「工事だわ」

道の半分を掘り返している。片側通行で、そこだけ何台か車がつながっていた。

「歩くわ、私」

と、エリは言ってシートベルトを外した。

「だめですよ、一人で！　エリさん！」

エリはドアを開けて車を降りると、小走りに車の傍を抜けて先を急いだ。

工事用の照明が、まぶしいほどに辺りを照らしている。

「おい！　穂波エリだ！」

工事をしていた若い男がエリに気付いた。みんなが手を休めてエリの方を見る。

「本当だ！」

「穂波エリだ！」

「エリちゃん！——エリちゃん！」

エリは聞こえないふりをした。ほとんど駆け出していた。

「エリちゃん、愛してる！」

と、一人がおどけた声を出し、一斉に笑い声が上った。

エリはたまらなくなって走り出した。

マンションへ駆け込むと、バッグから鍵《かぎ》を取り出そうとして落としてしまった。拾おうとかがみ込んで――そのまま冷たい床に膝《ひざ》をつき、泣き出した。

あの人は――あの人は死んでしまった。

「いやだ……。いやだ……」

エリは首を振って、何度もそう呟《つぶや》きながら泣き止《や》まなかった。床についた両手の上に、生温かい涙が滴《したた》り落ちた……。

――車がマンションの前に停り、浄美が走って来た。

「エリさん！　大丈夫ですか？」

浄美はエリを支えて立たせると、鍵を拾って、オートロックの扉を開けた。

「さあ……。部屋へ入れば落ちつきますよ。歩けますか？」

エレベーターで五階に上る。

〈503〉がエリの部屋だ。浄美が鍵を開け、中へ入ると、エリは靴を脱ぎ捨てるようにして上り、リビングのソファに突っ伏すように倒れ込んだ。

浄美のケータイが鳴った。

「――はい、社長」

「今、どこだ？」

エリの所属する事務所、〈スタジオN〉の社長、北里《きたざと》からだった。

「今、マンションに入ったところです」

浄美はリビングの入口から少し離れて、「エリさん、明日は出られないかも……」

「馬鹿《ばか》言え！　仕事だぞ。そんなことで休めるか」

「でも、当人はショックで――」

「何とかするのがお前の役目だ」

と、北里は言った。「いいか、須藤の件に関して、絶対にエリの名が出ないようにしろよ」

「でも、どこかが書けば、止められません」

「エリは一切無関係だ。事件と結びつけた質問には絶対答えさせるな」

「分りました」

浄美はちょっとリビングの方を見て、「今夜は私もここへ泊ります」

「ああ、そうしてくれ。エリを頼むぞ」

北里は切ってしまった。

「勝手言って……」

浄美は肩をすくめると、リビングの方へと戻って行った。「エリさん、大丈夫？」

救急車が傍を駆け抜けて行った。

慎一は足を止めて振り返った。救急車のサイレンが、遠ざかるにつれ間のびして聞こえた。

「救急車なんて、年中走ってる」

と、慎一は自分に言い聞かせるように言った。

「慎一！」

向うから田渕がやって来る。「どうだった？」

「いないよ」

と、慎一は首を振って、「誰かに訊くっていっても……」

「こんな時間じゃな。お母さんだって、自分がいなくなれば、お前が心配すると分ってらっしゃるだろう」

「どうかな……。僕、このところ外泊もしょっちゅうだったし」

田渕は息をついて、

「仕方ない。朝になるのを待って、心当りに電話するんだな」

と、慎一の肩を抱いた。

二人は夜の道を一緒に歩いていたが、やがて、不意に顔を見合せ、

「救急車が——」

「さっき救急車と——」

と、同時に言いかけて言葉を切った。

二人は足を止め、

「先生、もしかしたら、あの救急車が……」

「あれかどうかは分らんが、警察か消防へ連絡してみよう。それらしい人が運び込まれていないか」

「まさか母さんが……」

「そんなことはあってほしくない。だが、万一ってことがある」

二人は、田渕が車を停めた叔父の家の前に来た。

「やあ、戻ったのか」

叔父があわてた様子で出て来ると、「十分ほど前に警察から電話で——」

「母さんが？」

「つまり、その……この先の公園で池に身を投げたらしい。たまたま居合せたアベッ

クが通報して……」

「母さん、どこに？」

「この道をずっと行った、何とかいう救急病院だ。ええと……名前は忘れたが、大きいからすぐ分る」

「慎一、乗れ」

田渕の車が走り出し、病院へと急行した。

「母さんが……」

慎一は震えていた。

「大丈夫だ。きっと大丈夫だ」

田渕が力強く言って、肯《うなず》いて見せた。


「お父さん、帰って来ないの？」

と、本山信忍は台所の母へ言った。

「さあ……。どうかしら」

母、久美子《くみこ》はずっと台所に立って、流しのステンレスを磨いていた。

そんなことを、今やらなくても。——信忍はそう思ったが、母が信忍と目を合せたくない気持も分った。

「今——お姉ちゃんと話した」

と、信忍は言った。「登さん、あのマンションに行ったって」

「信忍、やめて」

と、久美子は背中を向けたまま言った。「聞きたくないの。お母さん、何も聞きたくない」

「分った。ごめん」

信忍が自分の部屋へ戻ろうとして、足を止め、息を呑《の》んだ。

「——お父さん」

本山悠吉が、赤く染った顔で立っていたのである。酒の匂《にお》いが立ちこめた。

「あなた……」

「水だ!」

本山はネクタイをむしり取ると、その場に座り込んだ。

「そんなに飲んで……。お医者様に止められてるでしょう」

久美子がコップに注いだミネラルウォーターを渡すと、本山は一気に飲み干した。

「お父さん……」

と言いかけた信忍へ、久美子は、

「信忍、部屋へ行ってなさい」

と遮《さえぎ》って、「早くして」

信忍は黙って階段を駆け上って行った。

7 夜ふけ

明日は学校だ。

休むわけにはいかない。それに信忍としては、休めば却《かえ》って友人たちに気をつかわせるだろう、という思いがあった。

しかし、眠れない。——当然のことだろう。

下へ行って、父と母が何を話しているか聞きたかったが、それも怖い。

まさか……。こんなことが起るなんて！

ベッドに潜り込んだ信忍は、もう一時間も眠れなくて寝返りを打ち続けていた。

そして、ベッドに起き上ると、ベッドから手を伸した所に置いたケータイを手に取った。

もう午前一時を過ぎていたが、きっと起きているだろう。

「――もしもし」

「かかって来ると思ったよ」

と、向うは言った。「こっちからかけようかと思ったけど……」

「眠れなくて」

と、信忍は言った。「――寝てた？」

「いや、台本書きだ」

小田島聡《おだじまさとし》は、信忍と同じ年齢の高校生だが、ずいぶん「大人」の印象がある。

少し会話が途切れた。向うからは言いにくいだろう。

「――お父さん、酔って帰って来た」

と、信忍は言った。「私は何も話してないけど」

「どう言っていいか分んないけど……。大変だな」

と、小田島は言って、「台本書いてる人間が、こんなことしか言えないんじゃな」

「何でも話してくれればそれでいいの」

と、信忍は言って、ケータイを耳に当てたまま仰向《あおむ》けに寝た。

暗い天井が見える。

「——何か、押し潰《つぶ》されそうだよ」

と、信忍は暗がりを見上げながら言った。「逃げ道がない。だって、言い訳しようがない。そうだよね」

「まあ、そうだな。——親父《おやじ》さんは大変だろう、これから」

「でも、自分でやったことだから、しょうがないよ」

「そう言ったのか？」

「言わないけど……。分るよ」

「だけど……」

「どんな辛《つら》い思いをしたって、須藤啓一郎さんと違って、父は生きてるもの」

向うは黙ってしまった。信忍は急いで、

「ごめん。小田島君に言っても仕方ないのにね」

「いつものように『聡』って呼び捨てにしろよ。気味悪いぜ」

「そうか」

ちょっと笑った。

「さっき、ＴＶの深夜番組で穂波エリの名前が出てたな」

「穂波エリ？　あのアイドルの？」

「クイズ番組か何かで一緒にレギュラーだったろ」

「須藤さんと？　――ああ、思い出した」

「番組の名前、忘れたけどな。いつも穂波エリを須藤がかばったり助けたりしてて、あの二人、普通じゃない、ってみんな言ってたよ」

思い出した。穂波エリが週刊誌か何かで、須藤の死刑判決について、

「あの人はやっていません」

と言い張っているのを読んだことがある。

そうか。――穂波エリもショックだろうな、と信忍は思った。

自分が信じていた人は、やはり犯人じゃなかった。でも――もうその人は死んでしまったのだ。

それが父のせいだったとしたら……。

「たぶん、明日はワイドショーのリポーターが穂波エリを追い回すだろうな」

と、聡は言った。「信忍は大丈夫なのか」

「え？」

「いや、明日学校へ行ってさ、TV局とか来ないか？」

「分らないけど……。証拠でっち上げたのが誰か、公表されてないからね」

「うん……」

「須藤さんを逮捕したとき、お父さんの姿は映ってたけどね。でも、名前は分んないだろうし、公表しないと思うよ」

「まあ、そうだろうな」

「――本当なら、公表しなきゃね。悪いことしたんだもの。そのせいで、無実の人が死んだんだもの」

信忍の言葉に、聡はどう答えていいか分らないのだろう。しばらく無言だった。

「ごめんね。どう言っていいか分んないよね、聡だって」

「あんまり苦しむなよ。お前が悪いわけじゃないんだ」

「うん、ありがとう」

と、信忍はこみ上げてくる涙を何とか呑み込んで、「――台本、進んでるの？」

「いい
進めてる」

と、違いを強調し、「もう時間がないんだ。恒例のクリスマス公演の台本だからな」

「今年の？　来年のじゃなくて？」

「それ、分ってて言ってるだろ」

「まあね」

——信忍の通う私立S女子高校の演劇部は、公演にどうしても男性が必要なときは多少つながりのある共学校、K学園高校の演劇部に出演を依頼する。

信忍は、一年生のとき先輩について、K学園高校へ出演の依頼に行った。そのとき会ったのが小田島聡だったのである。

ひどく大人びていたので、てっきり三年生かと思ったら、後で自分と同じ一年生だと知ってびっくりした。

結局そのときK学園から「貸し出されて来た」のが聡だった。

お芝居では白髪《しらが》の老人役で、それがまた妙に似合ったので、信忍は本番の舞台を袖《そで》で見ながら、何度も笑いをこらえたものだ。

公演の打上げで、ちょっとビールなど飲んで、帰り道、たまたま——かどうか、聡に訊《き》いたことはないが——二人になって、夜道でキスをした。

信忍としては意外なことだった。男の子との付合いでは、ずっと引込み思案だったので、初キスなどずっと先だと思っていたのである。

付合い始めてみると、聡は文才もあり、台本も書くのだと知った。

今、二年生になって、クリスマス公演ではもう三年生は参加しないので、聡は事実上演劇部を引張っていく立場である。

「あんまり長セリフ書かないのよ。いつも部員から苦情出てるんでしょ」

「長くなっちまうんだ。仕方ない」

「だったら、早く書き上げることね」

「分ってる」

いつものような会話ができて、やっと少し信忍も落ちついて来た。

「今度はどんな主人公？」

「いや、特定の主人公というのはいないんだ。一種の群衆劇で――」

「待って」

と、信忍は遮った。「――ごめん。またかけてもいい？」

「ああ、いいよ。大丈夫か？」

「うん。それじゃ」

と言いながら、もう立ち上っていた。

何か物が壊れる音を聞いたようだった。

ガラスの割れる音だったかもしれない。

信忍は部屋を出ると、階段の所まで行って、下の様子をうかがった。それきり音はしなかったが……。

何でもなかったのかな、と思いつつ、そっと階段を下り始めると、突然父が居間から大股《おおまた》に出て来て、そのまま玄関へ姿を消した。

そして、玄関のドアを荒々しく開けて出て行ってしまう。

信忍は急いで階段を下りると、

「お母さん」

と、居間へ入って行き、立ちすくんだ。

ダイニングの方の食器戸棚の前に、母がうずくまるように倒れていた。戸棚の引き戸のガラスが割れている。

「お母さん！　けがしたの？」

と、駆け寄ろうとすると、久美子がパッと顔を上げ、

「来ちゃだめ！」

と、鋭い声を出した。「ガラスを踏んでけがするわよ！」

信忍は足を止めて、

「でも……お母さん、血が……」

と、口ごもった。

「血？──ああ」

久美子は額に手を当てて、てのひらについた血を見ると、「大丈夫。ちょっと額を切っただけよ。ね、掃除機を持って来てちょうだい。ガラスの破片が飛んでるから」

「はい」

信忍は急いで電気掃除機を取って来ると、コードを引き出してコンセントへ差し込んだ。

信忍が、床に散った細かいガラス片を吸い取ると、やっと久美子は立ち上った。

「ありがとう」

「額の傷、手当てしないと」

「自分でやるわよ」

「だめ。ね、椅子《いす》に座って」

救急箱を取って来ると、信忍は久美子の額の傷を消毒しながら、

「お父さんがやったの？」

「突かれて、私が勝手にぶつかったのよ。お父さんはそんなことしない」

「でも……」

信忍はキズテープを貼《は》って、「これでいいわ。——髪の毛、少し下ろせば分らないわよ」

久美子は黙って目を伏せていたが、

「——信忍」

と、しばらくして言った。

「うん」

信忍は救急箱を戸棚へ戻して、振り返った。

「お父さんを責めないで。悪気があったわけじゃない。お父さん自身が一番よく知ってるわ」

苦しみながら、無理に絞り出しているような声だった。

母の苦しみを思えば、信忍は、「うん、分ってるよ」とでも言って、母を元気づけるべきだったろう。

しかし、信忍は、須藤啓一郎の妻や子のことが思い浮んで、言葉が出て来なかった。

「これからどうなるか分らないけど……。私たちまでがお父さんを責めたら、お父さん、行き場がなくなるでしょ」

と、久美子は言った。

信忍は無言のまま、立っていた。母の言葉を肯定も否定もできなかった……。

そのとき、信忍のケータイが鳴るのが聞こえて、

「お姉ちゃんかな」

と言いながら駆け出した。

母の前から逃げ出せて、正直ホッとしていた。

自分の部屋へ戻ると、ケータイをつかむ。

「もしもし」

「信忍？」

「お姉ちゃん。――登さんは帰って来た？」

「さっきね」

「やっぱり……」

「何も言わずに寝ちゃったわ」

「そう」

「ね、お父さんはどうした？」

と、秋乃は訊いた。

「うん……」

少し迷ったが、信忍は居間でのことを姉に話した。

「――まあ。それじゃ、お母さんにけがさせて？　出て行ったの？」

「うん。どこに行ったか分らないけど」

と、信忍は言った。「ね、お姉ちゃん。これからどうなるの?」

「私だって分らないわよ」

と、秋乃はため息をついて、「登さんは、どこかへ異動にはなるだろう、って言ってたけど」

「異動……」

「他の部署にね。やっぱり今のままじゃいられないんでしょ」

「そうだね……」

信忍は、父が異動になると聞いてショックだった。しかし、異動になるということ、そのことがショックだったのではない。

人一人、死へ追いやったことが、ただ異動という処分とも言えない結果で終ってしまうことがショックだったのである。

信忍だって、父を失業させたいわけではない。しかし、死んだ須藤のことを考えると……。

「――じゃ、また電話するわね」

と、秋乃は言った。

「うん」

と、信忍は言ったが、「お姉ちゃん、やっぱりあの管理人が犯人だったの？」

少し間があって、

「信忍。これは内緒よ」

「え？」

「管理人の部屋の押入れから、殺された女の子たちの物が見付かったの」

信忍は絶句した。

「公表しないわけにはいかないでしょうね。——それじゃ、おやすみ」

「おやすみなさい」

信忍は通話を切って、しばし呆然《ぼうぜん》と机の前に座っていた……。

8 逃げ場

「あなた」

秋乃は、暗い寝室を覗《のぞ》いて、そっと声をかけた。「——あなた、寝たの？」

市川登は身動き一つしなかった。

眠ってはいないのだと秋乃には分った。刑事時代から眠りは浅い。秋乃がどんなにそっと寝室へ入っても、必ず目を覚ます市川である。

そして目を閉じたが、秋乃とて眠れるわけもない。

秋乃は、あえてそれ以上声はかけず、ツインベッドの自分の方へ潜り込んだ。

だが、五分ほどして、

「あいつがな、言ったんだ」

と、市川は突然言った。

「あいつ、って……。管理人のこと？」

「宮井というんだ。宮井壮介」

と、市川が言った。

「その――宮井って人が、何て言ったの？」

「マスコミのカメラやマイクの中を抜けるときにな。――『どうして私のことを逮捕しに来ないのか、ふしぎでしたよ』と、笑いながら言った」

「まあ……」

「警察に非難が集中するのは避けられない。――どこまで本山さんをかばい続けられるかだな」

暗がりの中で、秋乃はじっと夫の顔の辺りを見ていた。――「かばい続けられるか」。

夫の中では、父、本山悠吉を幹部がかばうのは当然のことなのだ。

秋乃は、それはおかしいのでは、とは言えなかった。言っても、夫には分ってもらえまい……。

ケータイの音がした。

市川がすぐに起き上って、二つのベッドの間のテーブルからケータイを取る。いつも、ケータイを枕《まくら》もとに置いておくようなことはしない市川だが……。

「――市川です。――どうも、課長。――いいえ」

神月かららしい。しかし、どうしてこんな時間に？

「――そうですか。――分りました」

と、市川は言った。「――いいえ、わざわざどうも」

市川はしばらくベッドに座り込んだまま、動かなかった。

「――どうしたの、あなた？」

と、秋乃は訊《き》いた。

「神月さんからだ。——須藤啓一郎の奥さんが、自殺未遂を起して、入院中だ」

「自殺?」

「須藤が死んだことしか知らなかったらしい。病院にもマスコミが殺到してる」

そうなると、マスコミが須藤の妻に同情して、警察側へ厳しくなるのは避けられないだろう。

「それから」

と、市川は言った。「神月さんから君に伝えてくれと」

「私に?」

「取材には一切応じないでくれ、と。まあ、頼まれるまでもない」

「——そうね」

と、秋乃は言った。

「寝よう。会社がある」

「ええ」

暗がりの中で、秋乃はじっと天井を見つめていた。

そして思っていた。——自ら夫の後を追おうとした、須藤の妻の深い悲しみと絶望を。

入口の戸が開いて、

「今日はもう閉店ですよ」

と、近藤《こんどう》ミキはカウンターの中で言った。

そして振り向くと、

「まあ、本山さん」

本山はカウンターの所へ来ると、

「一杯だけ飲ませてくれ」

近藤ミキは少しためらった。

「――さっき、散々飲んだじゃないの。お宅へ帰らなかったんですか？」

「大きなお世話だ」

本山は身をのり出すようにして、「一杯出せ！　それとも……俺みたいな人でなしに飲ませる酒はないか」

ミキはちょっと眉《まゆ》をひそめて、

「誰もそんなこと言っちゃいませんよ」

と、空のグラスを本山の前に置いた。「氷がないの」

「ストレートでいい」

ミキが注いだウィスキーを、本山は一気に呷《あお》った。

「もう一杯」

ミキは止めなかった。

本山は、三杯たて続けに飲んで、やっと落ちついたように息をついた。

「何かあったのね」

「知らないのか？　教えてやろう」

「よして下さいよ。お客から聞きました」

「そうか」

「本山さんのことなのね。証拠をでっち上げた刑事って」

「ああ、そうだ！　しかし俺のやり方はまずかったかもしれんが、結果は間違っちゃいないぞ。俺は正しいんだ！」

「分ってますよ」

「もう一杯だ」

ミキがウィスキーを注ぐと、ボトルに栓をする間もなく飲み干す。

「——女房の奴《やつ》、俺のことを汚ないものでも見るような目で見やがった」

と、本山は言った。「俺の苦労も知らないくせに！」

「考え過ぎですよ。——奥さん、心配してらっしゃるわ」

「いなくなって分るのさ。俺がどんなに大切な人間かってな……」

本山はさらに二杯飲んで、「——俺に言いたいことがありゃ、はっきり言えばいいんだ！」

と、力をこめて怒鳴った。

「本山さん……」

「なあ……。もう一杯で帰る。だからもう一杯だけ飲ませろ。——な？」

ミキは黙ってウィスキーを注いだ。

——ミキが泥酔《でいすい》した本山を支えるようにして店を出たのは、一時間後のことだった。

「ほら、しっかり歩いて！——水たまりよ！」

ミキは苦労して本山を歩かせながら、夜道を急いだ。

「浄美さん……」

暗いリビングのソファに、寝ているマネージャーを見付けて、穂波エリはちょっとびっくりした。

「私は大丈夫よ……」

と、呟《つぶや》くように言うと、エリは浴室へ行った。

泣き疲れて、そのまま眠ってしまったので、シャワーだけ浴びようと思ったのだが、浴室まで来ると、やはりバスタブに浸《つか》りたいと思った。

バスタブにお湯を入れている間に、着替えを出して服を脱ぐ。

鏡の中の自分を見る。——目がはれぼったい。

「須藤さん……。大丈夫。私はちゃんと仕事に行くわ。プロですものね」

と、口に出して言った。

「君はプロなんだ」

と、須藤は言ったものだ。「どんなに若くても、君の仕事で生活している人が何人もいるんだってことを忘れちゃいけない」

「忘れないわ」

と、エリは言った。「でも、あなたは先に行ってしまった……。ひどいじゃないの！」

忘れられない夜。——須藤はここへ訪ねて来た。そして、抱きしめてくれた。

「——忘れない」

とエリは呟くと、手を伸して鏡に触れた……。

浴室に持って来ていたケータイが鳴った。

「誰だろ？　――もしもし」

少し間があって、

「エリちゃんかい？」

と、男の声がした。

「誰？」

「〈週刊S〉の牧野《まきの》だよ」

エリは急いで切ろうとした。

「待ってくれよ！」

と、牧野は言った。「やっと買ったんだ、このケータイの番号。せめて話くらいさせてくれ」

「浄美さんに言って」

「門前払いだよ、どうせ」

「仕方ないでしょ。そっちがいけないのよ」

と、エリは言った。

〈週刊S〉は、一度エリが妊娠したというでたらめの記事が載ってから、一切の取材を拒否している。

「あれは編集長のミスだ。俺は反対したんだぜ」

「知らないわ、そんなこと」

「なあ、ともかく――」

「もう切るわね」

「須藤のことだ」

エリは一瞬動きを止めた。

「――何のことよ」

「分ってるだろ。須藤啓一郎だよ」

エリは声を抑えて、

「ちゃんと『さん』をつけてよ！　呼び捨てにしないで」

「ああ。――気の毒だったな。俺は警察に知り合いがいる。今、大騒ぎらしいぜ」

エリは、ふと思い付いて、

「待って」

と、浴室から顔を出し、浄美が寝ているのを確かめると、「――牧野さん。お願いがあるの」

「何だい？」

「須藤さんを死刑にした刑事のこと」

「でっち上げの証拠か」

「何という刑事か、調べて」

「どうして？」

「いいから！　名前だけじゃなくて、家族のこともケータイの番号も。分ることは全部」

「少し時間がかかるぜ」

「調べてくれたら、須藤さんとのこと、あなたの単独インタビューに応じてあげる」

「よし、乗った！」

と、牧野は愉快そうに、「約束だぜ」

「まずそっちが成果を見せてね」

「分ったよ。――このケータイ、変えるなよ」

「ええ、連絡を待ってるわ」

エリは通話を切って、息をついた。

「——エリさん？」

浄美の声が聞こえた。「お風呂《ふろ》？」

「うん！」

と、エリは答えた。「浄美さんも入る？」

「私はいいけど……。誰かと話してた？」

半分眠った顔で、浄美がやって来た。

「友だちと電話してたの。——朝、何時に起きるんだっけ？」

「八時よ」

「じゃ……まだお風呂に入っても、三、四時間眠れる！」

エリは浄美の目の前でさっさと裸になると、バスタブへと勢いよく飛び込んで行った……。

9　攻撃

「行ってらっしゃい」

玄関で、久美子は信忍を送り出しながら言った。

「行って来ます……」

信忍は、ブレザーの制服姿で、鞄《かばん》を手にして、玄関のドアチェーンを外した。

「忘れ物、ない？」

と、久美子は言った。

「うん」

ドアを少し開けて、信忍は外の様子をうかがった。

そして、ホッとした様子で玄関から小走りに出て行く。

「気を付けて」

と言ったのは、信忍に聞こえなかったのだろう。

久美子は玄関のドアを閉めてロックし、チェーンをかけようとして迷った。

もし夫が帰って来たら……。自分の鍵《かぎ》だけでは入れなくなる。

結局チェーンはかけずに、久美子はダイニングへ戻った。

――ゆうべ、本山悠吉は帰って来なかった。

信忍には、

「まだ寝てるから」

と言って、学校へ送り出したのだ。

「どこに行ったのかしら」

と呟くように言った久美子は、TVを点《つ》ける気もしなかった。

どんなニュースが流れているのか、見るのが怖い。知らない方がいいのだ。分った
ところで、どうすることもできない。

信忍が玄関を出るとき、そっと外の様子をうかがっていた姿が、久美子の胸を刺し
た。

これから、家を出る度に、マスコミが待ち構えているのではないか、という不安に
どれくらい捉《とら》えられることになるのか。

家の電話が鳴った。久美子は、一瞬夫かと思ったが、夫ならケータイへかけて来そ
うである。

しかし、夜の間、何度夫のケータイへかけてもつながらなかった。

「――はい」

少しこわごわ受話器を上げると、

「奥さんですか。神月です」

「まあどうも……」

「今回の件では色々大変でしょう。お力になれることがあればおっしゃって下さい」

「ありがとうございます」

「それで——ご主人はまだ寝ていますか」

「いえ……」

「朝っぱらからで申し訳ないのですが、大事な話がありまして。起こして来ていただけないでしょうか」

「はあ、それが……」

と、久美子は口ごもって、「ゆうべ夜中に出かけて行ったきり、まだ帰っていないんです」

「出かけてる？　呑気《のんき》だな」

と、神月は言った。「ケータイにはつながりませんか」

「持っていると思いますが、かけても出ません」

「そうですか……」

「あの——何か主人のことで」

「ええ。ゆうべからずっと朝まで会議をやっていましてね」

と、神月は言った。

「ご迷惑をおかけして……」

「いや、そういうつもりで言ったんじゃありません」

神月は疲れのにじむ声だ。「ただ――須藤の妻が自殺未遂をやって」

「そんなことが……」

「マスコミがそっちへ目をやってるんです。それさえなければ、今度捕まった宮井の方へ報道を集中させられたんですが」

神月の言っていることが、久美子にはよく分らなかった。

「奥さん。ともかく我々としてはご主人を守ることに力を尽くします。そのためにも、ぜひ至急連絡を取りたいんです」

「はあ……。私もできるだけのことは……」

「お願いしますよ」

神月の口調は、徐々に事務的になって、最後の言葉はかなり突き放したような言い方だった。

久美子は自分のケータイで（滅多に使わないが、一応持っている）、夫のケータイへかけてみた。しかし、返って来るのは、「電波の届かない所にいるか、電源が入っていないため、かかりません」という機械的な答えだけだった。

捜すといっても――久美子は夫の交遊関係などほとんど知らないし、刑事仲間なら久美子が連絡しなくても知らせてくれるだろう。

久美子は力なく居間のソファに身を委《ゆだ》ねた。

疲れていた。——ゆうべはほとんど眠らなかったし、今朝も信忍を学校へ出すだけでぐったりとしてしまった。

久美子は、いつの間にかソファに横になって、クッションに頭をのせ、眠りに落ちてしまっていた……。


本山は激しく頭を振った。

喉《のど》が、砂でも飲み込んだように、カサカサに渇いて息苦しかった。

「おい……」

と、しわがれた声を出す。「おい……。水をくれ! 水だ!」

ちゃんとしゃべったつもりだったが、言葉になっていなかったらしい。

「何ですか? ——お水? ちょっと待ってね」

その声は、久美子のものではないようだった。

誰だ? 本山は起き上ろうとして、割れるような頭痛に頭を抱えた。

「無理に起きない方が……。はい、お水」

冷たい水を、本山はコップ一杯一気に飲み干した。そして、大きく息をつくと、

「あんたは？」

と、女を見て言った。

「ちょっと」

と、女は笑って、「いくらお化粧してないからって、それはないでしょ」

「ああ……。バーの……」

「ええ。でも私には近藤ミキって名前があるんですよ。憶《おぼ》えといてね」

本山は布団《ふとん》に起き上って、部屋の中を見回した。

「ここは……お前の部屋か」

「私のお城よ。小さくてもね」

「どうして俺は……」

「憶えてないんですね。まあ、あんだけ飲んだら、記憶もどこかへ飛んでくわ」

「連れて来てくれたのか……」

「タクシーに乗せるにも、道を説明できる状態じゃなかったですからね」

「そいつは……悪かった」

「どういたしまして。酔った男の扱いには慣れてましてね」

近藤ミキは、平凡なセーターとパンツ姿だった。化粧も落としているので、ごく普通の主婦に見える。

「今何時だ？」

「お昼過ぎ。――二時ね、もうじき」

「二時か！」

本山はちょっとの間、途方に暮れた。

昨日の出来事の後だ。おそらく自分を捜している人間がいくらもいるだろう。

今日だって、連絡もせずに勝手に遅刻ということになる。まあ、捜査中は朝から出るとは限らないので、珍しくはないが。

まだひどく頭痛がした。

「――横になってた方がいいですよ」

と、ミキが言った。「二日酔ったって、あれだけ飲んだら、三日、四日は残りますよ」

「そうのんびりしちゃおれん」

と、本山は言った。「俺の――ケータイ、取ってくれないか」

「どこに入ってるの？」

「確か上着の内ポケットだ」

ミキは、ハンガーに掛けてあった本山の上着のポケットを探ったが、

「ありませんよ」

「ない？　そんなはずが……」

「でも、入ってません」

と、ミキは本山の上着を両手で逆さに持って、振って見せた。「ほらね？」

「おかしいな……。持って出なかったのか」

久美子と争って、飛び出して来た。ケータイはポケットに入れたままだったような気がするが……。しかし記憶は曖昧《あいまい》だ。

「それならいい。――頭痛薬、ないか」

「いつもはあるんですけどね。今、ちょっと切らしてて……。買って来ます？　すぐそこにお店があるから」

「頼む」

「じゃ、横になってて下さい。――他に何か欲しいもの、ありますか？」

「いや、何もいらん」

ミキは財布をつかんで、アパートの部屋を出た。

サンダルでカタカタと階段を下りて行くと、下の階の部屋の主婦と出会う。

「こんにちは」

と、ミキは会釈《えしやく》した。「スーパー、今日は何が安い？」

「卵。あんまり残ってなかったわよ」

「じゃ、買っとこうかな」

ミキはアパートを出ると、どんよりと曇った空を見上げた。

ゴミのバケツが出たままになっている。

ミキのような仕事だと、朝ゴミを出すのは辛《つら》い。ミキは、ちょっとバケツの蓋《ふた》を取って中を覗《のぞ》くと、ポケットから本山のケータイを取り出して放り込んだ。

そして、小走りに近くのスーパーへと急いだ……。


本山は布団に横になったものの、眠ることもできず、再び起き上った。

ＴＶのリモコンを手を伸して取ると、ＴＶを点ける。

見たいわけではないが、見ないわけにもいかない。――事態がどうなっているのか、どう強がってみても、気にしないではいられなかった。

リモコンで捜す必要はなかった。ＴＶの画面が出ると、いきなり、

「警察が殺したんです」

と、カメラを真直《まっす》ぐに見て声を震わせている若者の顔が映った。

誰だ？——本山はちょっと首をひねった。

「父だけじゃ足らずに、母まで殺そうとしてる！　絶対に許しません」

画面に、〈須藤慎一さん(17)〉と出て、初めて気付いた。須藤の息子か。

もちろん、捜査の段階で会ったことはあるが、十代後半の若者は変化が大きい。一見しただけでは分らなかった。

慎一を、TVカメラやマイクが取り囲んでいた。

「——母まで、だって？」

と、本山は呟《つぶや》いた。「何の話だ」

見ている内に、TVリポーターの話で事情が分った。須藤の妻が自殺未遂。まだ意識不明で、助かっても意識が戻らない可能性もある、と報じられていた。

「そうか……」

本山は、須藤の息子がはっきりと本山自身に向けて怒りを叩《たた》きつけていても、何も感じなかった。——須藤の妻の件に関しては、法律的には何の責任もない。

本山が気にしていたのは、逮捕されたあのマンション管理人のことだった。

宮井といったかな、確か。

本当に、一連の幼女殺しがすべて宮井の犯行なのかどうか、それを知りたかった。

チャンネルを変えると、ニュースの画面になって、

〈宮井壮介容疑者の部屋から発見された物品〉

というテロップと共に、女の子の靴の片方、髪を縛るリボンなどが映った。

本山にはすぐに分った。必死で捜した靴の片方だ。

何てことだ。――あんなに近くにあったのか。

「先ほどの会見で、宮井容疑者は以前小学校教師をしていて、自分の担任したクラスの女の子にいたずらしたとの疑いを持たれ、辞職していたことが明らかにされました」

と、アナウンサーが言った。「事件の捜査が不充分だったとの批判を浴びそうです……」

そうか。――やっぱり奴《やつ》が犯人だったのか。

本山は、須藤のことも、あのチョコレートの袋のことも忘れていた。ただ、宮井が逮捕されたことで、自分が功績を上げたかのように昂揚《こうよう》した気分になっていた。

上着から手帳を出し、部屋の電話で、神月へかけた。ゆうべ、神月からケータイへ

何度かかっていたのを思い出したのである。

「――神月です」

疲れた声だった。

「本山です。連絡できなくてすみません。ゆうべは具合が悪くて、寝てしまったので」

本山は少し早口に言った。――しばらく返事がなかった。

「もしもし？ ――聞こえますか？ 本山ですが」

「今、どこにいる」

と、神月が不機嫌そうな声で言った。

「家ですが……」

「奥さんが、ゆうべは帰って来なかったと言ったぞ」

あいつ！ 余計なことを！

「知人の所に泊りました。色々疲れてしまって――」

「俺は一睡もしていない」

と、冷ややかに神月は言った。「すぐ出て来い。分ったな」

「はあ……」

神月が叩きつけるように電話を切った。その音で、神月の不機嫌さが伝わって来る。

「何だっていうんだ」

と、本山は顔をしかめて、「俺に八つ当りしないでくれ」

——確かに須藤は犯人ではなかったのかもしれない。しかし、須藤を逮捕したことの責任は本山一人にあるわけではない。

神月だって、須藤を逮捕したときには、

「よくやった！」

と、本山の手を固く握りしめたものだ。

それを今になって……。

「すぐ出て来い」だって？

本山は布団に横になった。——少し考えさせてやる。

俺が普段どんなに苦労しているか、少しは考えればいいんだ。

本山は、まるで自分が宮井を逮捕したかのような気持になっていた。また警視総監が握手しに来るだろう、などと考えていたのである……。

10　焦燥

「ただいま」

柿沼梓は学校から帰って玄関を入ると、

「お母さん？」

と呼んだ。

返事はなかった。――出かけてるのかな。

梓はブレザーの制服を脱ぐ前に、冷蔵庫を開けて、

「あ、リンゴがあった。――いただきます！」

と、皮をむいてラップをかけてあったリンゴを一切れつまんだ。「――うん、旨《うま》い！」

蜜《みつ》の入った、本当においしいリンゴだ。

このところ、年に二回くらい送ってくれる人がいるのだ。どんな高級店で買うより、産地の人が送ってくれる方が甘くておいしい！

父が弁護した人で、今でも感謝してくれているらしい。

おいしいので、つい二切れ、三切れと食べてしまう。

「いいな、弁護士って」

と、梓は呟いた。「私も目指すか、弁護士！」

もちろん、簡単なことでないのは承知している。でも、人助けができる、と思えば苦労のしがいがあるというものだ。

梓はまだ十六歳。これから何を志望したってやれるだろう。

ダイニングのテーブルに載せてあった新聞をめくると、予想したことながら、あの女の子を殺したマンションの管理人のニュースで埋っている。

梓は、父が須藤啓一郎を弁護していたことを憶えていた。

あのお菓子の袋……。

梓が指摘したので、事実が分ったらしい。

——裁判のとき、気が付いてれば良かった。

でも、梓に証拠品の写真を目にする機会などまずないし、あれは不運というものだ。

いや、証拠をでっち上げた刑事こそ非難されなきゃいけないだろう。

リンゴを半分以上食べてしまってから、梓は残りにラップをかけ、冷蔵庫に戻した。

自分の部屋に行こうとすると、居間の電話が鳴り出した。

「はい、柿沼です」

と、出てみると、

「あ、奥さんですか？　ご主人と以前同じ事務所だった大津ですが」

梓は太めの大津のことは何となく憶《おぼ》えていた。つい笑って、

「私、娘です」

「失礼！　――ええと、梓ちゃんだっけね」

と、大津は言った。

「はい。父はまだ帰っていませんけど」

「そうだろうね。あのね、お父さんのケータイの番号、教えてくれるかな」

と、大津が言った。「かけてみたら前の番号、通じなくて」

「はい、ちょっと待って下さいね」

梓は自分のケータイを取り出した。

玄関の方で音がして、母の由子が帰って来た。居間へ入って来ると、

「早かったのね。――誰から？」

と、梓が受話器を持っているのを見て訊《き》いた。

「大津さん。ほら、お父さんが前にいた事務所の――。お父さんのケータイの番号、

教えてくれって」

梓は自分のケータイに登録した父の番号を出して、「もしもし。お待たせしました。

ええと番号は──」

梓は、手からいきなり受話器を奪い取られて、びっくりした。

「お母さん──」

「もしもし」

と、電話に出た由子は言った。「家内です」

「あ、奥さん。大津です。ごぶさたして」

「主人のケータイ番号はお教えできません」

と、由子は言った。

「は？」

「問い合せがあっても、そういうものは普通お教えしないのではありませんか？」

「それはまあ……。しかし、ご主人から連絡して欲しいと言われたんで」

「連絡でしたら、お手紙かファックスで。事務所の方へお願いします」

由子の事務的な口調で、大津も察した様子だった。

「──分りました」

「では、よろしく」

と、由子は言って、「この電話にもかけて来ないで下さいね」

と付け加えた。

由子が受話器を置くのを、梓は半ば呆然《ぼうぜん》として眺めていた。

「梓。知らない人にお父さんのケータイなんか教えちゃだめよ」

「だって——大津さんだよ。知らない人じゃないでしょ」

と、梓が言い返すと、

「聞いて」

と、由子は、梓が見たこともないほど怖い目をして言った。「もうあの事務所とはお父さんは一切関係ないの。分った？」

梓は返事ができなかった。

「梓。あなただって分ってるでしょ。あの事務所でお父さんが働いてるころ、うちがどんなに苦しかったか。夜中まで働いても、ろくにお金にならない。お母さんがどれだけ方々でお金を借りたりしたか」

由子は梓の肩をつかんで、「あなたの修学旅行の費用だって、昔のお友だちに頭を下げて貸してもらって払ったのよ」

「お母さん……」

「今、やっとこうして家も建てて、楽に暮せるようになった。もう二度とあんな暮しに戻りたくないの」

と、由子は言った。「分ったわね。もしまた電話があっても、黙って切るのよ」

母の言葉にこめられた凄《すご》みは、梓を圧倒した。梓は黙って肯《うなず》くしかなかった。


「そろそろ仕度しないと」

ミキは起き上って、「シャワーを浴びるわ。あなたは?」

「ああ……」

本山は、腰の辺りの肉が少しダブついたミキの後ろ姿を眺めて、「少し休んでからな」

と言った。

ミキが風呂場《ふろば》に消えると、本山は布団《ふとん》に仰向《あおむ》けになった。

——ミキの店で飲むのは年中だが、こんなことになったのは初めてだ。

四十前のミキの肌はまだ張りがあって、久々に本山を燃え立たせた。

風呂場の戸が開いて、

「お腹空《なかす》いてない？」

と、ミキが訊いた。「何なら出前でも取るけど」

「そうだな。そう言えば……。夜まではもたないか」

「じゃ、頼んでおくわ」

ミキは裸で出て来ると、「何がいい？」

と、電話の前に行って訊いた。

――ミキの後にシャワーを浴びながら、本山はこの部屋もなかなか居心地がいい、と感じていた。

ミキは久美子のように陰気ではない。スパッと割り切って、いつまでも同じグチをこぼしたりしない。

どうやらミキの方も本山を好きらしい。でなければ自分からこんなことにはならないだろう。

本山は、バスタオルで体を拭《ふ》くと、風呂場を出た。

「もう来てるわよ。お茶もいれといた」

と、ミキは言った。「出かけないと。食べて行って」

「ああ」

「この部屋の鍵《かぎ》」

と、ミキはテーブルに置いて、「出るときはかけてね」

「この鍵は――持ってていいのか」

ミキは本山を見て微笑《ほほえ》むと、

「ええ。持ってて」

と言った。「いつでも入っていいわよ」

本山はホッとして笑みを浮かべた……。

タクシーを降りて、本山は欠伸《あくび》しながら歩き出した。

まだ少しボーッとしていたのか、また辺りがもう暗くなっていたせいもあってか、固まっているTVカメラなどの取材陣に気付かなかった。

気付いて、足取りを速めたときにはもう二、三人のリポーターが駆け寄って来ていたのだ。

「本山さん！　本山さんですね！」

と、マイクを持った女性リポーターが追いついて来る。

本山は無視して行くことにした。建物の中へ入ってしまえばこっちのものだ。

「菓子袋の証拠を捏造《ねつぞう》したのは本山さんですね？」

と言って突きつけて来たマイクを、振り払った。

正面の階段を駆け上る。――大方のリポーターなら諦《あきら》めるだろう。

ところが、その若い女性リポーターはしつこく食いついて来た。

「須藤啓一郎さんの奥さんの自殺未遂に責任は感じておられますか？」

その甲高《かんだか》い声も気に障《さわ》った。

「うるさい！」

と、つい怒鳴っていた。

「質問に答えて下さい！」

相手もカッとしたらしい。マイクが目の前に突き出されて、本山は思わず手の甲ではねのけようとした――つもりだった。

手はマイクに触れずに、そのまま女性リポーターの顔を打っていた。

思いがけず力が入り過ぎたのと、階段の途中という不安定な姿勢でいたせいもあろう。

リポーターがバランスを失って、階段を一気に転り落ちたのである。下に、重いTVカメラを手にさげたカメラマンが立っていて、リポーターはそこへぶつかってしまった。

一瞬、辺りが凍りついた。

本山は構わず、中へと入って行った。

「本山！」

神月がロビーにいて、すぐにやって来た。

「今まで何をやってた！」

と、怒りをぶつけて来る。

「色々と――」

「早く来い！」

本山の腕を取って、エレベーターへと連れ込む。

「――何も言わなかったろうな」

と、神月は言った。

「は？」

「表だ！　大勢待っていただろう」

「ああ。――もちろん何も言いません」

「そうか」

神月は、ひどく疲れた顔をしていた。

「あの宮井という男は……」

「スラスラ自供してる」

「全部、ですか」

「それ以外にもだ。——行方不明で、奴《やつ》に殺された子があと二人いるらしい」

「そうですか」

本山が他人事《ひとごと》のように言うのを聞いて、神月はムッとした様子で口を開きかけたが、エレベーターの扉が開いたので、本山の背中を押した。

「訊かれたことだけ答えろ。いいな」

神月に言われて、本山は黙って肯いた。

外での騒ぎが二人の耳に入るのに、十分ほどかかった……。

11　孤立

期末テストが近い。

学校を休むわけにはいかなかった。

しかし、どうしても、ともすればぼんやりと窓の外を眺めたりしてしまう信忍だった。

先生の言葉は聞こえていたが、その中身は信忍の耳を素通りして行く。メモしなくては、と思うのだが、手が動かないのだ。

昼休みのチャイムが鳴って、ホッと息をつく。

「じゃ、今のこと、忘れないでね」

と、女性教師が念を押して、教室を出て行った。

「——信忍」

と、友人の川崎妙子がやって来た。「大丈夫なの？」

「うん」

「じゃ、お昼、食べよう」

「ごめん。——私、お弁当ないんだ。パン、買って来る」

「私も！　じゃ一緒に行こう」

妙子が、立ち上った信忍と腕を絡《から》ませて、半ば強引に引張って行く。

信忍には分っていた。妙子はちゃんとお弁当を持って来ている。

でも、信忍と二人になるために、パンを買うことにしたのだ。

「——外も寒くないよ」

と、妙子はベンチに座って、パンを食べながら、「このコロッケ、少し味変わった?」

「妙子……。ごめんね」

と、信忍は言った。「どうしても——色々考えちゃって」

「仕方ないよ。大変だものね、お父さん」

「そうじゃないの」

と、信忍は首を振った。「父のことって言うより……。須藤さんのこと、考えちゃう」

「ああ……」

「いくら処分されるったって、父は生きてるじゃない。でも須藤さんは……」

信忍が声を詰《つま》らせた。

「分るけど——。信忍のせいじゃないんだから」

「うん……」

信忍はコロッケを挟んだパンにかみついた。

二人はしばし口の中をパンとコロッケで一杯にして、口がきけなかった。それはそれで気の休まる一瞬だ。

「それだけじゃないの」

と、信忍は言った。「ここんとこ、お父さん、帰って来ないことがあって」

「家に帰ると、色々待ってるからでしょ、マスコミが」

「でも――お母さんの様子見てると、分る」

「何が？」

「お父さん、どこか女の所に行ってるんだ」

「女……」

「そういうことだけはしない人だったのに。――お酒は飲んでもね」

「どこの誰か、分ってるの？」

「知らない。お母さんも訊《き》こうとしない。いやなんでしょ、聞きたくないことを聞かされるのが」

父が、実際にはほとんど帰って来ていないことを、いくら妙子にでも言えなかった。つい、「帰って来ないことがある」と言ってしまう。

――悪夢のような日々だった。

あの日、姉の秋乃から電話をもらったときは、こんなことになるとは思わなかったのだが……。

「登さんが聞いて来たわ」と、姉は言った。「お父さんの名前、公表するって」

「そう。仕方ないよね」

「本当は公表しないで、お父さんをどこかへ移すつもりだったらしいけどね」と、秋乃は言った。「でも、お父さん、マイク向けて来た女性リポーターを殴って、大けがさせたのよ」

「TVで見た」

「あの女性、腕と足を骨折して、それに下にいたカメラマンにぶつかったとき、あの大きなTVカメラの角で頭を打ったらしいの。重傷で、しかも大勢の目の前でしょ」

そんなにひどいけがだったのか。——父が平手でリポーターを叩《たた》くところが、しっかりカメラで撮られていた。

「それで、さすがにもうお父さんをかばい切れない、ってことになったみたい」

「じゃ……クビになるの？」

「分らないわね、それは。お父さんから辞表を出してほしいんじゃないか、って登さんは言ってたけど」

信忍は少しの間黙っていた。——自分の部屋で、一人でいる。

「もしもし、信忍？　大丈夫？」

「うん、お姉ちゃんはどう思うの？」

「どうって……」

「お父さんのやったこと。あれって犯罪だよね」

「そうね」

「辞表さえ出せばいいの？」

「信忍……」

秋乃は深く息をついて、「あんたの気持は分るけど、そのことでお父さんを責めても……」

「責めたくても、帰って来てないよ」

「また？　どこへ行ってるのかしら」

「分らないけど……。どこかへ逃げられるんだから、まだいいよ」

やり切れない思いが、信忍の中にこみ上げて来た。

「信忍。——お母さんの前で、そんな話、しないでね。お母さんは冷静に話せないわよ、今は」

「うん、分ってる」

「もしかすると、家にもマスコミが来るかもしれない。——大変なら、うちに来てもいいわよ」

「大丈夫。何訊かれても返事なんてできないし」

「何かあれば電話して」

夫がそばに来たのか、秋乃は早口に言って、電話を切った……。

そして、本当にその翌日から、信忍の家はいつも報道陣に囲まれるようになった。

昼間もカーテンを閉めて、母は一歩も外へ出なくなった。

信忍が買物もして帰る。さすがに、高校生の信忍にはマイクが突きつけられなかったからだ。

今は、初めの数日ほどではなくなったが、それでも父が現われるのを待って、十数人が夜中も早朝も家の前に待機していた……。

「——TVでどう言ってる?」

と、信忍は妙子に訊いた。「うちじゃほとんどTVつけないから分らないんだ」

「夜のニュースでも、あの本当の犯人のこと、新しく死体が見付かったりして、ずっと報道してるしね。どうしても信忍のお父さんのことも……」

「お昼のワイドショーとか、もっと派手なんだろうな。週刊誌の中吊《なかづ》り広告にも出てたしね」

「信忍の家の写真が週刊誌に載ってたよ」

「もっときれいにしとくんだった」

と、信忍は無理に笑った……。


セットの隅で、穂波エリはウトウトしていた。折りたたみ椅子《いす》で眠ると危ない。眠りは浅かった。

「おい」

ちょっと肩をつつかれて目を覚ます。

「――ああ」

エリは〈週刊S〉の牧野が立っているのを見上げて、「今ごろ来ても遅いよ」

「そう言うな」

と、牧野は周囲に目をやって、「マネージャーは?」

「今、打合せでいない。しばらく戻って来ないよ」

「そいつはありがたい」

と、牧野は椅子を引張って来てかけると、「色々調べるのに手間どってな」

「もう分ってるじゃない。あの本山って刑事のこと」

「それだけじゃないぜ」

牧野は手帳を開くと、中から折りたたんだメモを取り出して、エリに渡した。

「何なの？」

「本山の自宅の電話番号、それから女房の久美子って女のこと、娘が二人いて、下の信忍ってのが高校生だ。ケータイの番号も、同じ学校の子から訊き出した」

「ありがとう！」

「上の娘は結婚してて、今は市川秋乃という名だ。亭主の市川登は元、本山の部下だった」

「じゃ、あのでっち上げの証拠のことも――」

「調べてみたが、そのころ市川は本山と組んでた。まず間違いなく、一緒だったろう」

「じゃ、同罪ね。市川登っていった？」

「ああ。もう警察を辞めてる」

「辞めた？　じゃ、今その人が何をしてるか、調べて」

エリがそう言うと、牧野はポケットからもう一枚メモを取り出し、ニヤリと笑って
エリの方へ差し出した。

「今は民間の信用調査機関で働いてる。その会社の電話。市川登の個人用ケータイの番号も書いてある」

「もったいぶって」

と、エリはメモを開いて、「市川登ね……。〈妻、秋乃〉。これが本山刑事の長女ね。子供は?」

「まだいない。秋乃ってのはなかなか美人らしい。専業主婦だ」

エリはメモに記された名前をじっと見ていたが、

「この市川秋乃のケータイ番号、調べられる?」

「そいつはちょっと難しいな」

と、牧野は顔をしかめて、「まあ、どうしても知りたけりゃ……」

「調べて。お金出すわ」

「今、払ってくれるか?」

牧野は別のポケットから、またメモ用紙を取り出した。エリは呆《あき》れて、

「よく調べられたわね」

「記者と名のる以上は、これくらいのこと、調べ出せなきゃな」

エリはそのメモを開いた。

「今、ここにはお財布ないから、今度会ったときにね」

「インタビューは頼んだぜ、独占でな」

「分ったわ。いつごろ？」

「来週中には頼む。——須藤啓一郎と撮った写真でもないか」

「二人の？　持ってるよ」

「そいつを貸してくれ」

「いいわ。インタビューのときでいい？」

「ああ。顔ははっきり分るだろうな」

「もちろん。ちゃんと返してよね」

「コピーを取る。簡単だ」

エリはメモを小さく折りたたんでバッグへ入れた。

「ありがとう。スケジュールの空く日が分ったら連絡する」

「ああ、よろしくな」

牧野はそう言って、「——しかし、どうするつもりだ？」

と訊いた。

エリは、スタジオの中の、ライトを浴びた明るい一画を眺めて、

「まだ分らない。でも、あの人を殺した本山に、心から後悔させてやりたい。——生きてるのが辛《つら》くなるくらいに」

エリの口調は淡々として、十代の女の子のものではなかった。

「確かに、ひどい話だな」

と、牧野は肯《うなず》いて、「しかし、忘れるなよ。君はスターだ。違法なことに係《かかわ》ると、未来を失うぜ」

「私のことなんか心配しないで」

エリは立ち上って、「そろそろ出番だわ」

と、行きかけた。

「おい」

と、牧野は声をかけて、「おまけだ」

振り向いたエリは、牧野の手にもう一枚のメモがあるのを見て、

「何枚持ってるの？」

と、苦笑した。

「これが最後だ。──しかし、無茶はするなよ」

エリは牧野の手からメモをヒョイと取り上げて開いた。

「〈小田島聡〉。──これ、誰？」

「本山の下の娘の彼氏だ。十七歳。K学園高校の二年生」

「本山信忍の恋人？　どういうつながりなの？」

「演劇部同士で交流があったらしい。この小田島聡は自分で脚本も書く。なかなか才能があるそうだ」

「演劇部……。そうなの」

「それで全部だ」

「ありがとう！　約束は守るわ」

と、エリは言った。

「エリちゃん！　お願いします！」

と呼ぶ声がした。

「行くわ」

エリは二、三歩行って振り返り、「そうだ、いくら払えばいいの？」

と訊いた。

「気持だけで充分だよ」

「そうはいかないわ。金額言って」

牧野はちょっと顎《あご》をなでて、

「じゃ、インタビューのとき、晩飯に付合ってくれ。それが支払いの代りだ」

「それでいいの？」

「ああ」

「分ったわ。でも――食事だけね。その後まではいやよ」

「スターに手は出さないよ」

牧野はちょっと手を上げて、スタジオから出て行った。

エリは何枚ものメモを、頭の中でくり返し眺めながら、スタジオの中のライトの当る場所へと出て行った……。

12 冷たい叫び

いつしか、ソファで寝入っていた。

テーブルの上のケータイが鳴り出して、久美子は目を覚ました。反射的に時計へ目をやる。

四時半？——一瞬、久美子はそれが夕方なのか明け方なのか、分らなかった。

いつも家の中は「夜」のままだ。カーテンを引いて、TVカメラに中を覗《のぞ》き込まれないようにしている。

「そう。——夕方よね、いくら何でも」

夜中まで眠りはしないだろう。

ケータイを手に取ったが、誰とも分らない番号からだった。

迷ったが、もしかすると夫かもしれない。出ないわけにはいかなかった。

久美子の知人、友人でも、このケータイ番号を知っている人間は少ないのだ。

ともかく、恐る恐る出た。

「——はい」

「本山さんですね」

女の声だった。「奥さん、ですよね」

「久美子です」

「ご主人に頼まれてね」

と、女は言った。「寒くなって来たんで、コートや上着、ズボンを持って来てくれってことです」

久美子は、その女の、あまりにはっきりしたものの言い方に面食らっていた。

「あの……主人がどうしたって……」

「ご主人の着る物です。あ、下着はいいんです。こっちで安いのを買いましたから」

と、女は当り前の口調で言った。

「あなた、どなたです？」

と、久美子は訊《き》いた。

「私、近藤ミキというんです」

少しのためらいもなく答えて、「今、ご主人、私の所においでなんです」

久美子は、怒ったものやら分らず、

「そちらに主人が――お邪魔してるんですか？」

「別に邪魔じゃありませんけどね」

と、向うは笑って、「お宅へ帰ったら大変でしょ。今は私のうちにいた方が」

「でも……。近藤さん、とおっしゃいました？」

「ええ。ご主人がよく飲みにいらしたお店の者ですわ」

「そう……ですか」

「私、もうじきお店に出なきゃいけないので、これから持って来てもらえます？」

「あの——待って下さい」

久美子は手もとにメモ用紙を引き寄せて、ボールペンを持つと、「そちらの場所を教えて下さい」

と、頼んでいた。

ザッとした道順の説明を、久美子はメモすると、

「主人は今そこにいるんですか？」

と訊いた。

「タバコを買いに出てます。では、よろしくね」

「あの——待って下さい！」

と、呼びかけたときはもう遅かった。

電話は切れていた。

「——ただいま」

信忍が帰って来たのが何分後だったのか、久美子はともかくそれまでケータイを手に、呆然《ぼうぜん》と立ちつくしていたのだった。

「しつこくいるね」

と、信忍は鞄《かばん》をソファの上に放り出すと、「今夜のおかず、買って来ようか。――お母さん、どうしたの？」

やっと、母が普通でないことに気付いたのだ。

「――信忍。帰ったの」

「うん。今ね。――どうしたの？」

久美子が黙ってメモを差し出した。

信忍はわけが分らず、

「これ……どこかのアパート？」

「お父さんが……」

「え？」

「今、そこにいるんだって」

「お父さんが電話して来たの？」

久美子がゆっくりと首を振る。

信忍にはその意味が分った……。

二十分ほどして、信忍は家を出た。

手にスポーツバッグをさげている。家の前にいた記者から、

「お父さんから連絡は？」

と、声がかかった。

「ありません」

と、構わず歩き出す。

「お父さんの所に何か持って行くの？」

「クラブなんです！」

怒ったように言って、動揺を悟られまいとする。

幸い、それ以上は誰も訊いて来なかった……。

「ひどい奴《やつ》！」

と、つい呟《つぶや》いていたのは、むろん父のことである。

近藤ミキという女に電話させるなんて。せめて自分でかけてくればいいものを。

――久美子だったら、たちまちマスコミに囲まれて身動きが取れなくなっていただろう。

言われた通り、コートや替えズボンなどをスポーツバッグの中へ詰め込んだ。

そして、母のメモに従って、信忍は急いだのである。

それでも、母の方がどこかメモし忘れたのか、相手の説明が悪かったのか。信忍はずいぶん迷って歩き回り、やっとの思いでそのアパートの前に立ったのは、辺りが暗くなりかけたころ。

玄関のドアを叩《たた》くと、すぐに開いて、

「遅かったのね！」

と、もう仕事用の化粧も済ませた女が出て来た。

そして信忍を見ると、

「あら……」

と、ちょっと身を引いて、「娘さん？」

「はい。父の衣類です」

と、スポーツバッグを玄関の上り口に置いて、「父はいますか」

答えを聞くまでもなく、

「信忍か……」

父がフラッと出て来た。「ご苦労だった」

「お父さん……。一緒に帰ろう」

「それを置いて帰れ。今は帰れないんだ。分るだろう」

父は、見た目にも分るほど、太っていた。

太ったというより、たるんだ、と言った方が合っているかもしれない。

全身に、だらしなく過している気配が感じられる。

「お母さん、あれから一歩も外へ出てないんだよ」

と、信忍は言った。「お父さんのせいなんだから、ちゃんと帰って来て、マスコミに説明してよ」

「もう帰って」

と、近藤ミキがスポーツバッグを手にして、「ずいぶん重かったのね」

「お父さん――」

「帰りたくないっておっしゃってるのよ」

と、ミキは言った。「私ももう店に出ないと。――もう帰って」

「あなたに指図される覚え、ありません！」

思わず声が震える。「――お父さん！」

本山は奥の部屋へ入って襖《ふすま》を閉めた。

信忍は、父がもうどこか遠くへ行ってしまったことを――自分の知らない父になっていることを悟った。

「帰ります」

「お疲れさま。お母さんによろしく――」

と、ミキが言いかけたとき、襖の奥で、何かが壊れる音がした。

「――あなた？」

と、ミキが振り返って、「大丈夫？　どうかしたの？」

返事がない。

ミキが急いで襖を開けると、

「どうしたの！」

と、切迫した声を上げる。

信忍も思わず靴を脱いで上り込んでいた。

「しっかりして！」

父が、畳の上に仰向《あおむ》けに倒れていた。

白目をむいて、手足が細かく震えている。

「――救急車、呼んで下さい」

と、信忍の方が冷静だった。「この場所を説明できませんから、私だと」

「ああ……。そうね。一一九番、一一九番だったわね」

ミキが電話へと駆け寄る。

信忍は、目を見開きながら何も見ていない父の顔を見下ろして、驚くほど何も感じていなかった……。

「信忍！」

病院の廊下を急いでやって来たのは、秋乃だった。

「お姉ちゃん！」

信忍はベンチから立ち上ると、「お母さんは？」

「拾って来たけど、マスコミがついて来て……。今、病院の入口で捕まってるの」

「一人で置いて来たの？」

「仕方なかったのよ。――ああ、来たわ」

「どうなの？」

久美子が青ざめた顔でやって来る。

「お母さん……。お父さん、今、ＭＲＩで……」

「ＭＲＩ？」

「たぶん――脳で出血してるって」

「まあ……」

「ここで待っててくれ、って言われた」

「分ったわ」

久美子は必死で冷静になろうとしているようだった。

「——あの人は？」

「あの人って……。あの女のこと？」

「ええ」

「今、何か買いに行ったよ。ともかく……お父さんに付きっきりで」

「バーのホステス？」

と、秋乃が言った。

「みたいだね」

「お父さんが……」

秋乃がベンチに腰をおろす。

「ともかく、お父さんの顔を見ないと」

久美子は背筋を伸して、「お医者様とは話したの？」

「ちょっとだけ。検査について行ってる」

「分ったわ」

久美子は深く息をついて、「病状について伺わないと。妻の私が聞くのよ」

「うん」

「他の誰にも、話はさせないから！」

久美子が激しい口調で言った。

信忍は、母のそんな様子を見るのは初めてで、圧倒される思いで眺めていたのだった……。

13 虚しい時間

どんな事情を抱えていようと、テストが終ったときの解放感は変らない。

十二月に入って、寒さは厳しかったが、それでも昼過ぎに日なたを歩くのは快適だった。

信忍は学校の帰り、都心に出てデパートに入った。

店内は〈クリスマスセール〉の華やかな飾り付けで目がくらみそうだ。

一階の、少し人の少ない所で信忍はケータイを取り出して姉にかけた。

「——あ、お姉ちゃん？　今、一階に来てるよ」

「お昼、まだでしょ？　じゃ、レストラン街にいるから。ええと……七階ね」

「分った。おごってね」

「お昼ぐらいはね」

と、姉の秋乃が笑って言った。「エスカレーターの辺りにいるから」

「すぐ上って行く」

ケータイをしまって、信忍は上りのエスカレーターを捜した……。

期末テストは、何とか終った。信忍としては、まずまずだったと思っている。

父の入院と、それを巡るトラブルもあり、さらにその前の出来事一つ一つは、信忍にとって「見たくない親の姿」を無理に見せられることだった。それでも、信忍は逃げようとはしなかった。

——父、本山悠吉は脳出血で倒れ、入院している。命にかかわるほどひどくはないが、右半身に麻痺《まひ》が残り、言葉をしゃべろうとするともつれる。

本山にとっては予想もしていなかった出来事で、そんな自分への苛立《いらだ》ちが、周囲を遠ざけていた。

信忍は今、父を毎日は見舞に行っていなかった。

父が自分の状態に苛立って機嫌が悪いせいもあったが、時々、母でなく、あの近藤ミキが看病していることがあったからだ。

母はむろん近藤ミキを嫌っている。しかし、具合の悪い父の前で喧嘩《けんか》するわけにもいかないのだろう、適当に、時々は父を任せているようだ。

そんな日々でも、テストはやって来る。

信忍は、むしろテストのために勉強に打ち込むことで、今の状況を少しでも忘れることができて嬉《うれ》しかった……。

「――お姉ちゃん」

エスカレーターで、レストラン街のフロアに上った信忍は、姉がベンチに腰かけているのを見付けて手を振った。

秋乃は立ってやって来ると、

「何が食べたい？」

と訊《き》いた。「何でもいいわよ。テスト、終ったんでしょ？」

「うん。我ながら良くできた」

「本当？」

と、秋乃は笑って言った。

信忍は、和食などはあまり食べ慣れていない。結局、普通のレストランで〈ステーキ定食〉を食べることにした。

「——お姉ちゃん、買物？」

「それもあるけど……。ね、信忍」

「うん？」

秋乃の口もとには、ちょっとふしぎな笑みが浮んでいた。

「あんた、『おばさん』になるのよ」

信忍は、少しの間言われた意味が分らなかったが……。

「赤ちゃん、できたの？　おめでとう」

言ってから、少し遅れて興奮した。「良かったね！」

「うん」

と、秋乃が肯《うなず》く。

信忍は笑った。そして、突然両の目から大粒の涙をポロリと落として、

「いやだ！　どうして涙が出て来るんだろ？」

と、急いでハンカチを取り出す。

「信忍……」

秋乃は妹の手を自分の手でやさしく包むようにして、「よく辛抱してくれてるね。あんな大変なときに、お姉ちゃんがいられなくて、ごめんね」

信忍にも分っていた。

あんまりひどいことばっかり起る日々が続いて、そこへ急に嬉しい話が飛び込んで来たからだ。

「私たち、いいこととずいぶん縁がなかったよね」

と、信忍は言った。「でも良かった。おめでとう」

「ありがとう、信忍」

「こんなに嬉しいなんて……。びっくりだな！」

と、また溢《あふ》れて来る涙を拭《ぬぐ》った。

「登さんも、きっと喜んでくれるわ」

「どうなの？　やっぱりマスコミが？」

「何人かは、あの当時に登さんがお父さんと組んでたことをかぎつけて来たけどね。でも、もう辞めてるわけだし」

と、秋乃は言ってから、少し目を伏せて、「ただ……登さん自身が、気にしていて……。当然だけどね」

「お父さんのしたことを見過した、ってこと？」

「分ってたのよ、もちろん。でもそれを言うなら、登さんだけじゃない。あのときの上司も——神月さんたちだって、知らなかったはずがないわ」

「そうだね」

「ただ、本当の犯人が捕まったことがね……。登さんも、あの管理人の宮井とは何度も会っていたから、悔んでるの。口には出さないけど、分るわ」

「でも、もう警官じゃないんだから……」

「このところ、会社に届を出して、半月くらい休んでるの。私には言わないで、毎日いつも通り出勤して行ってるんだけど」

「どこに行ってるの？」

「古巣よ。また刑事に戻ったつもりかもしれない」

秋乃は重苦しい表情で言った。

「心配することないよ。捜査が済めば、元に戻るよ、きっと」

「そう思うけどね」

スープが来て、二人は食事を始めた。

「——あ、ごめん」

信忍のケータイが鳴った。

急いで席を立つと、レストランの外へ出て、

「もしもし」

「テスト、終ったんだろ」

小田島聡だった。

「うん。そっちは？」

「書き上げたぞ！」

「おめでとう！　でも、本番まで何日あると思ってんの？」

「それを言うな。傑作は、そう簡単にゃ生れないんだ」

と、聡は言った。

「じゃ、今日から稽古《けいこ》だね」

「ああ。しかし、当日バテたら仕方ないからな。まず台本をみんなが持って帰って、よく読むこと」

「じゃ、今夜会える？」

「もちろんさ」

「良かった」

信忍はホッとした。――姉のおめでたのことも話したかったが、今は辺りが騒がしい。

ともかく、夕方もう一度連絡し合うことにして切った。

「――あ、もうステーキ、来てた」

席に戻って、信忍は弾んだ声で言った。

「あの劇作家さんからね？」

「分るの？」

「そんなにニヤニヤしてりゃ分るわよ」

と、秋乃は言った。

「そんな……。お互い様でしょ！」

信忍はナイフとフォークをつかんで、ステーキに取りかかった……。

「――あれ？」

十分ほどして、また小田島聡からケータイにかかって来た。

やっぱり今夜は無理だ、ってことかな……。

多少覚悟しながら、またレストランの外へ出て、

「――もしもし。どうしたの？」

「悪い。ちょっと知らせたくってな」

と、聡は言った。

「どうしたの？」

「演劇部の顧問の所にさ、週刊誌から電話があったって」

「何、それ？」

「お宅の高校の生徒で、すぐれた劇を書く子がいると聞いて、記事にしたいってさ」

「それって……聡のこと？」

「他にいるか？」

「凄《すご》いじゃない！　どこで聞いたのかな」

「知らないけどさ、本番を取材に来るって。ま、ちょっと知らせときたくてな」

「良かったね、先生！」

と、信忍は言って笑った。

今日はいい日だ。すてきな日だ！

信忍は飛びはねたい気分だった……。

玄関を入って、秋乃はびっくりした。

夫の靴がある。

「あなた？　――帰ったの？」

居間を覗《のぞ》いたが、コートが脱ぎ捨てられている。

どうしたんだろう？

秋乃は寝室へと上って行った。

寝室は暗かった。

「あなた？　いるの？」

少し目が慣れると、夫がワイシャツ姿でベッドに横になっているのが見えた。

「どうかしたの？」

と、秋乃は明りを点《つ》けずに、そっとベッドへ近付いた。

「疲れてるんだ」

と、市川は呟《つぶや》くように言った。

「そう……。じゃ、眠るといいわ。お腹《なか》が空《す》いたら起きて来て」

と、出ようとすると、

「一時間したら起こしてくれ」

「一時間って……。出かけるの？」

「ああ。現場を見に行く」

「あなた……」

秋乃はベッドの端にそっとかけて、「もう刑事じゃないのよ。そんなことまでしなくたって……」

「あのとき――」

「え？」

「あのとき、本山さんのすることを放っておかなければ、死ななくて済んだ子がいるんだ」

「そんなこと……。仕方ないわよ。悪いのは父なんだし」

市川は深々と息をついて、

「眠れないんだ。あの事件の被害者……。あの女の子たちが、夢に出て来て、俺を責める」

「あなた……」

秋乃は、そっと夫の傍に寄り添って横たわると、彼の胸に手を当てた。

「どうして調べなかったんだろう。あの管理人室の中を。本当に簡単に、証拠が見付かったのに……」

「過ぎたことだわ。今さら——」

「今さら、か。今さら言っても遅い。それは分ってるが……。殺された子の親に、『過ぎたことですから』とは言えない」

秋乃の胸は痛んだ。——父のせいで、この人はこんなにも苦しんでいる。

しかし、当の父は、自分の苦しみで手一杯だ。自分のせいで、他人が苦しんでいることなど、気にもしていない。

「今夜はもう休んで。ね？　また出かけるなんて言わないで」

秋乃が夫の頰《ほお》にキスすると、無精ひげがザラついた。

市川が秋乃の方へ向くと、足の方へ手を下ろしてスカートをたくし上げた。

「あなた……。ね、ちょっとお話があるの」

秋乃は急いで言った。「赤ちゃんが……」

市川の手が止った。

「赤ちゃんができたのよ……」

市川は、戸惑ったように、

「何だって？」

「妊娠してるの、私。病院で検査も受けて来たわ」

市川はしばらく黙っていた。

「——そうか」

「私、嬉《うれ》しいわ。信忍も喜んでくれた」

「子供か……」

市川は仰向《あおむ》けに戻ると、「こんな親を持って、恨まないかな」

「どうしてそんな……」

「俺のせいで殺された子供たちが、仕返しに来る。きっとその子を奪いに来るぞ」

「あなた……。馬鹿《ばか》言わないで！　しっかりしてよ！」

秋乃は思わず夫の胸につかみかかっていた。

「すまん……。秋乃……」

市川は秋乃の胸に顔を埋めて、声を殺して泣き出した。

秋乃は、初めて見る夫のこんな姿に、寒々としたものを覚えながら、じっと夫を抱き寄せていた……。

14　出会いの時

「どうってことねえよ」

と、小田島聡は言ったが、そう言いながら、髪の寝ぐせを気にしていた。

「大丈夫。ちゃんとしてるよ」

と、信忍は笑いをかみ殺していた。「まだ三十分ある」

「ああ……。ちょっと早過ぎたか」

聡はホテルのロビーを見回して、「何か腹減ったな。カレーでも食うか」

「やめなさいよ。その白いシャツにカレーこぼしたりしたらおかしいでしょ」

「そうか」

「終った後で食べよ。ね？　一時間くらいなんでしょ？」

「そう言われてるけど……。一時間も、何しゃべるんだ？」

「向うが質問するのに答えればいいのよ。聡が困ることない」

「そうか。——そうだな」

落ちつかないのは当然だろう。

高校生の身で、インタビューを受けることなど、普通ならあり得ない。

「そこのソファに座ってよう、ね？」

信忍もついて来てしまった。

聡の方から頼んだわけじゃないのだが、「ついて来てほしい」のは信忍にもよく分ったのだ。

たまたま試験休みだったし、信忍も聡の「晴れ姿」を見たかった。

午後三時。都心の新しい高級ホテルのラウンジ。

「インタビューと撮影で一時間ほど」

と言われていた。

ロビーのソファに座っていると、色んな国の言葉が飛び交って、今自分がどこにいるのか分らなくなる。

「――あ、聡、見て」

信忍はホテルの正面玄関から入って来た、ほっそりとした少女に目をひかれた。

「うん？」

「ほら、あの人……。穂波エリだ」

「ああ……。そうか？」

「そうよ！　細いなあ。やっぱりスタイルいいね、スターって」

マネージャーらしい女性に付き添われたアイドルは、エレベーターに乗って行った。

「あの人……」

と、信忍は言いかけた。

穂波エリが、死んだ須藤啓一郎と「親しかった」という記事が出ていたことがある。

「──何だよ」

「別に。可愛《かわい》いな、と思って」

「そりゃ、スターだものな」

「聡。ネクタイ、曲ってる」

と、信忍は直してやった。

あと十分ほどで約束の時間というところで、

「さ、もう行ったら」

と、信忍は聡を促した。

「ラウンジって、どこだ？」

「さっき見たでしょ。二十五階。一番上よ」

「そうだっけ。じゃあ……行くか」

「遅れちゃ失礼よ」

「うん」

と、聡は立ち上った。

「ほら、これ、忘れないで」

と、大判の封筒を渡す。

聡がクリスマス公演用に書き上げた台本が入っている。

「うん。――行こう」

と、聡は歩き出して、「お前、来ないの？」

と、信忍を振り返る。

「だって……。変よ、私が一緒じゃ」

「いいじゃないか。どこかに離れて座ってりゃ」

「もう……」

信忍は苦笑して、でも嬉しかった。

二人はエレベーターで二十五階まで上った。

エレベーターを降りると、午後の日射《ひざ》しが入る明るいラウンジが目の前だった。

「眺め、いいね」

と、信忍は言った。

「いらっしゃいませ」

と、蝶《ちょう》ネクタイの男がやって来た。

「あの……ええと……」

聡が口ごもっていると、

「〈週刊S〉の牧野さんって方と待ち合せているんです」

と、信忍が言った。

「小田島様でいらっしゃいますね。伺っております。こちらへ」

「〈様〉だってさ」

と、ラウンジへ入りながら、聡がそっと言った。「何か変な気分」

信忍は肘《ひじ》で聡の脇腹《わきばら》をつついてやった。

奥の一画が、カーテンで仕切られていて、カメラマンが撮影している様子だった。

「あの――私は他の席で待ちます」

と、信忍は足を止めた。「しっかりね」

聡は情ない顔で肯《うなず》いた……。

信忍は他のウェイトレスの案内で、窓際《まどぎわ》の席につくと、紅茶を頼んだ。

眺めはいいが、今は聡のことが気になっていた……。

「小田島様がおみえです」

「ああ。——やあ、どうも」

「小田島です」

「牧野です。ちょっとそこにかけて待っててもらえるかな」

「ええ」

聡は、牧野と向い合った席に、さっき見かけたアイドルスターが座っているのに気付いてドキドキした。

カメラマンが、穂波エリの写真を撮っている。

「二カット必要ですか？」

「いや、ワンカットでいい」

牧野はカメラマンに言って、「早目に選んでくれ。事務所の許可を取る」

——可愛いな。

聡は、穂波エリを斜めからついじっと見つめていた。

可愛いが、しかし人工的な印象はない。ごく自然な感じの可愛さで、メークもそう濃くなかった……。

「じゃ、ご苦労さん」

と、牧野は立ち上って、「インタビュー原稿は、ちゃんと事務所へ回すから」

「よろしく」

と、エリは微笑《ほほえ》んで、「――こちらはどなた？」

と、聡を見て言った。

聡はドキッとして、あわてて目をそらしていた。

「芸能人じゃないよ」

と、牧野は笑って、「若き天才劇作家だ」

「作家？　へえ！　学生さんみたい」

「学生だよ」

「やっぱり？　大学何年ですか？」

牧野はニヤリとして、

「そう見えるか？　高校二年生だ」

「え？　じゃ私より年下？」

エリは目を丸くして、「あ、ごめんなさい。私、穂波エリです」

「ええ、知ってます」

聡は汗をかいていた。「小田島聡です」

「若いけど、いいものを書くって評判なんだ」

と、牧野は言った。「エリちゃんと同じ号にインタビューと写真が載る」

「でも凄《すご》いなあ。作家なんて！　私なんか、四百字二枚の作文でも書けなくて困ったわ」

と、エリは言って、「ね、私もインタビュー、聞いていていい？」

「そりゃ構わないけど、マネージャーは大丈夫かい？」

「次の仕事まで間があるの」

エリは聡を見つめて、「いいでしょ？」

「別に、僕は……」

自分でも、声の上ずっているのが分った。

「新作の台本、持って来てくれたかな」

「はい、ここに」

と、聡はとじた台本を取り出した。

「じゃ、それを開いて読んでる感じで写真を撮ろう。——頼むよ」

カメラマンが聡の位置を決め、すぐにシャッターを切り始める。

聡はカメラのレンズよりエリの目の方が気になって困った……。

「本山さん」

　と、呼び止められて、久美子は振り返った。

「婦長さん。いつもどうも」

　病院へやって来たところである。

「これから病室へ行かれるんですか？」

　と、婦長が訊《き》いた。

「そうですが」

「さっき、取材の方がね、夕方五時から奥さんの記者会見があるんで、場所を用意して下さいって言ってみえたんです」

「五時から？」

「ご存知ですか？」

「いいえ！　私、記者会見なんて、するつもりもありません」

「ねえ。私もそう思ったんで、首をかしげてたんですけど。――誰かが、そんな噂《うわさ》を流したのかもしれませんね」

「そんな、主人を怒らせるようなこと、しませんわ」

「確かめてみますわ。では」

「わざわざどうも……」

久美子は礼を言って、夫の病室へと向った。

「冗談じゃないわ、全く！」

と、つい口をついて出る。

本山悠吉が入院して、あの事件に関してはやや報道が下火になりつつあった。

久美子は、夫が自分を必要としていることに満足していた。

時折、あの近藤ミキが図々《ずうずう》しく顔を出すのが気に入らなかったが、喧嘩《けんか》したことが分れば、またマスコミを喜ばせるだけだ、とこらえていた。

「――あなた」

病室へ入ると、久美子は戸惑った。

ベッドが空だ。

「検査中ですよ」

振り向くと、近藤ミキが立っていた。

「そうですか。――あなた、そろそろご出勤でしょ」

と、久美子は言って、夫の着替えを入れた風呂敷《ふろしき》包みをベッドに置いた。

「今日は休みなんです」

と、ミキが言った。「大切な用がありまして」

「じゃ、どうぞ行って下さい。後は大丈夫です」

「いえ、大切な用って、ここでのことですから」

「何のことですか？」

「これを、ご主人から預かってまして」

ミキはバッグから封筒を出し、中の書類を取り出して広げた。

久美子はその〈離婚届〉の用紙を、信じられない思いで眺めていた。

そこには夫の署名と捺印《なついん》があった。

「後は奥様が署名と捺印を」

「馬鹿《ばか》げてるわ！」

と、久美子はその用紙を奪い取ろうとしたが、ミキが素早く引っ込めて、

「同じ手間をかけても、時間のむだでしょ」

と言った。

「出て行って！　あんたに用はないわ」

久美子は怒りを抑えて、「何て厚かましい！」

「でも、私、帰るわけにいかないので」

と、ミキは平然と言った。「五時から記者会見することになってるんですの」

「何ですって？——奥さんが会見、と言ってたのが……」

「ええ、私が会見するんです」

「呆《あき》れた！　あの人の妻は私です」

「今のところはね。でも、ご主人は別れたいとおっしゃってるんですよ」

「いい加減なことを——」

病室のドアが開いて、車椅子《いす》で本山が戻って来た。

「お疲れさま」

看護師が二人がかりで本山をベッドへ戻した。

「少し眠られると思います。薬のせいですから、ご心配なく」

「どうも……」

久美子は夫の方へ目をやった。

本山は、久美子と目を合そうとしなかった。

「あなた……」

久美子は身をかがめて、「この人の言うこと、でたらめよね？」

と訊いた。

15 予感

「これから稽古《けいこ》に入るんです」

と、小田島聡は言った。

「公演はクリスマス？」

「はい、二日間です」

「じゃ、このインタビュー記事で紹介しても間に合うね」

と、牧野はメモを取って、「ぜひ成功させて」

「ありがとうございます」

週刊誌のインタビュー。

小田島聡は、校内新聞のインタビューくらいは受けたことがあるが、こんな一般誌では初めて。カメラを向けられているだけでも汗をかいてしまう。

聡が汗をかく理由はもう一つあった。

居合せたアイドル、穂波エリがすぐそばのソファに座って、聡の書いた劇の台本を熱心に読んでいたのである。

今、どの辺を読んでいるのか。今ちょっと笑ったのは、あのところかな……。インタビューに答えながら、そんなことまで考えていたのは、大したものとも言えるかもしれない。

「で、次の作品の構想なんかは？」

と、牧野に訊かれて、聡は、

「次なんて……。ともかく今はこの作品を舞台にかけるので夢中です」

と答えた。

「そうか。——ありがとう。いや、いいインタビューになったよ」

「どうもありがとうございました」

聡はホッとして会釈《えしゃく》した。

「原稿にまとめたものを見てもらいたいけど、何しろ週刊誌なんで時間がない。僕に任せてくれるかな」

牧野の言葉に、聡はちょっと返事をためらった。

「あら、だめよ」

と、穂波エリが言った。「ちゃんと見てもらわなきゃ。牧野さん、手を抜こうったってだめ。一日ぐらい原稿を早く仕上げれば何とかなるじゃないの」

牧野は苦笑して、

「エリちゃんに言われちゃ仕方ないな。——君の自宅の電話にファックスは？」

「ついてます。自動切り換えで」

「分った。じゃ、ひと晩だけで見てくれ」

聡は穂波エリの方へ、チラッと感謝の目を向けた。

「これ、読み終らなかった」

と、エリは台本を心残りな様子で閉じると、「ね、小田島さん。これ、コピー取ってもいい？」

と訊いた。

「え？」

「お願い！　どうしても終りまで読みたいの。いいでしょ？」

聡としては、「いや」と言う理由はない。

「ええ……。どうぞ」

「ありがとう！　じゃ、ホテルの人に頼むわ」

エリは台本を手に、急いで走って行った。

信忍は紅茶の「おかわり」をもらって飲んでいた。

もう一杯飲めば、当然お金を取られると思っていたが、こういう所では「おかわり」ができるということを初めて知って、感激していた……。

「や、待たせたな」

聡がやって来て、向いの椅子に座った。

「聡。——済んだの？」

「うん、もう終った」

「お疲れさま」

信忍は微笑《ほほえ》んだ。「どんなこと訊かれた？」

「まあ……色々さ」

と、聡は肩をすくめて、「記事にまとめて、ファックスしてくれるって」

「読ませてね！　絶対よ」

「ああ」

「もちろん、週刊誌も買うけどさ。〈週刊S〉だっけ？」

「ああ、確かそうだ。週刊誌なんて買うことないよな」

「〈週刊S〉って、男の人向けよね。コンビニで売ってるよね、きっと」

「うん……」

「写真、撮った？」

「ああ、何枚もバシャバシャ撮ってたけど、きっと使うのは一枚だけだよな」

信忍は紅茶を飲んで、

「二杯目なの。タダなんだよ、おかわりしても！　――じゃ、もう行こうか」

「あ、ちょっと……待ってくれ」

「何か用があるの？」

「いや……。ちょっと……」

聡が口ごもっていると、

「ごめんなさい！」

と、明るい声がして、穂波エリが台本を手にやって来た。「コピー、取ったわ。ありがとう」

台本を手渡されて、聡は、

「いえ……」

と、曖昧《あいまい》に、「面白い？」

「凄《すご》く楽しい！　帰ったら、また頭から読むわ」

「ありがとう」

聡は、当惑顔の信忍に、「インタビューで一緒にいて……」

「穂波エリです。――聡さんのお友だち？」

「あ、まあそんなところで。――本山信忍っていって……」

信忍が聡を見た。本山の名に、エリがどう反応するか、と思ったのだ。

しかしエリは屈託なく、

「あなたも聡さんの劇に出るの？」

と言った。

「いえ、私は学校違うんで……」

「そうなの。でも、私も見に行きたいな。何とか時間取れないか、マネージャーに談判してみるわ」

エリはそう言うと、「じゃ、聡さん、頑張ってね！」

「どうも……」

アイドルスターは足早にエレベーターの方へと消えた。

信忍と聡はしばらく黙っていた。

「――『聡さん』だって」

「来やしないよ、忙しいのに」

「でも、仲良さそうだったじゃない」

「たまたま一緒にいたってだけだよ」

「分ってるわよ」

信忍は笑って、「聡の好みじゃないよね」

「え？　まあ——でも可愛《かわい》いぜ」

「あ、もうスター気取りだ」

と、信忍は少しおどけて聡をにらんだ。

「行こうか」

「うん」

二人は席を立った。

エレベーターでロビーへ下りる。

「ね、せっかくこんなホテルに来たんだからさ」

と、信忍が言うと、

「泊ってくか？」

「馬鹿《ばか》！　外泊なんかできっこないでしょ」

「いてえな。つつくなよ。冗談に決ってんだろ」

「何か食べて帰ろう、って言おうとしたのよ」

「そうだな。夕飯にゃ少し早いけど」

「もう一食ぐらい入るでしょ」

と、信忍は言った。「お母さん、病院だから、私は何か食べて帰らなきゃ」

「じゃ、カレーでも食ってくか」

「そうだね」

二人は、コーヒーラウンジで簡単な食事もできると分って、少しホッとした。あまり高いと入れない。

「――じゃ、劇作家、小田島聡に乾杯！」

信忍はアイスティーのグラスを取り上げて言った。

「ありがとう。明日から稽古で大変だ」

「頑張ってね！　二日とも見に行くから」

「うん」

聡も微笑んだ。

信忍は暖かい気持になっていた。姉の妊娠と、聡のインタビュー。――幸せなことが続いた。

これで何だか生活が変るような気がしていた。いやなことの続く日々から逃れられるような……。

聡のケータイが鳴った。

「メールだ」

聡はメールを読んで、ちょっと顔をしかめた。

「何かあったの?」

「いや、明日の稽古のことさ」

聡はケータイをポケットへしまって、「カレーって何種類もあるぜ。どれにする?」

と、メニューを広げた。

メールは、穂波エリからだった。

〈天才劇作家さん! マネージャーに言って、一日強引に空けさせたわ。二日目に、あなたのお芝居、見に行くから。楽屋に行けば会えるかしら? エリ〉

聡は、エリにメールアドレスを訊《き》かれて、すぐに教えてしまっていた……。

安西浄美はワゴン車にもたれて待っていた。

「ちゃんと時間通り来たでしょ」

と、エリは言った。

「用事は済んだんですか？」

「うん」

エリはワゴン車に乗った。「直接スタジオね？」

「ええ。渋滞が怖いですからね」

ワゴン車が走り出すと、マネージャーの安西浄美は言った。

「どうして牧野なんかに会ってたんですか？〈週刊S〉にあんなに腹立ててたのに」

「それはそれ。お互い利用して生きないと」

と、エリは言った。

「その封筒は？」

「これ？大切なものよ」

「ラブレターにしちゃ大判ですね」

エリは笑って答えなかった。

少しして、エリのケータイが鳴った。

「もしもし」

「やあ、今日はいいインタビューができたよ」

牧野だった。「あれで良かったのか？　例の劇作家のことは」

「ええ。――ね、小さな印刷屋さんを紹介してくれる？」

と、エリは言った。

聞いていた安西浄美が、いぶかしげに眉《まゆ》をひそめた……。


玄関の明りだけが点《つ》いていた。

当然、母は病院だ。――信忍は居間の明りを点けた。

ホテルでカレーを食べて、お腹《なか》は一杯だった。

ＴＶを点ける。一人でいると、ついＴＶでも点けておかないと寂しい。

カーテンを閉めていると、

「記者会見で、本山悠吉さんの妻が『責任は上層部にある』と語りました」

というアナウンサーの言葉が耳に入って、信忍はびっくりした。

お母さんが記者会見？

急いでＴＶへ目をやると、息が止るほど驚いた。

「主人は、ちゃんと上司の了解を取った、と言っております」

と、画面で話しているのは、母でなく、近藤ミキだったのだ。

「何よ、これ！」

と、思わず信忍は言っていた。

TVでは、記者から、

「亡《な》くなった須藤さんに対しては、どんな気持ですか？」

と訊かれて、近藤ミキは全く平然と、

「主人の気持でしょうか、私の気持でしょうか」

と、訊き返していた。

「できれば両方伺いたいのですが……」

「主人は長年犯罪者の逮捕に貢献して来ました。その功績をすべて否定されることが一番辛《つら》いと申しております」

「奥様は？」

「須藤さんのことはお気の毒です。でも、TVや新聞も、寄ってたかって須藤さんを犯人扱いしてたんじゃありませんか？　反省ならあなた方の方もしなければならないんじゃ？」

近藤ミキは面白がってでもいるかのように、居並ぶ記者を見回していた……。

信忍は、呆気《あっけ》に取られてTVを見ていたが、不意に人の気配を感じて振り返った。

「——お母さん！」

久美子がいつの間にか立っていた。「帰ってたの？」

久美子は無表情にTVを見ている。

「これってどういうこと？」

と、信忍は訊いた。「あの女がまるで奥さん気取りじゃないの」

久美子はじっとTVをにらみつけたまま、

「お父さんはね、あの女の方がいいんだって」

と言った。

「え？」

「離婚してくれって言われたわ」

「お父さんがそう言ったの？」

「ええ」

「そんな……。それで、お母さん、何て言ったの？」

「何も」

「そんなことでいいの？　どうなったの、結局？」

「知らないわ」

「知らない、って……。お母さん、お酒飲んでるの？」

信忍は酒くさい匂《にお》いをかいで、愕然《がくぜん》とした。

久美子はちょっと笑って、

「お父さんは酒と女よ。お母さんだって……。酔うぐらいのこと、いいじゃないの」

「お母さん――」

「その内、男でも連れて来ようかしらね」

と言うと、久美子はもう一度声を上げて笑って、台所へフラッと入って行った。

信忍は、その場に呆然《ぼうぜん》と立ちつくしていた……。

16　悪意

メールが来た。

信忍は急いでケータイを取り出して、メールを読んだ。

〈あと一時間かかる。ごめん〉

小田島聡からである。

一時間。──でも、一時間たてば、来てくれるのだ。
「ごめんね、聡……」
無理を言っているのは承知だ。
聡は今、それこそ「恋人のことどころではない」はずである。
公演に向けて、連日の稽古《けいこ》。作者であると同時に演出家でもある聡は、今必死だろう。
会いたい……。
でも、会いたいのだ。
信忍は、もうすでに二時間、聡を待っていた。お茶も飲んだし、週刊誌も読んだ。
あと一時間か。──それがまた二時間にならないとは限らない。
それでも、会いたかった。
──学校の帰り。
もう、終業式まで二日しかない。テストが返って来て、普通なら一喜一憂する日々。
でも、今の信忍にはどうでも良かった。
フラリと、書店に入った。
大きな書店で、ひと渡り中を見るだけでも結構時間を潰《つぶ》せるだろう。

信忍は鞄《かばん》の他に大きな紙の手さげ袋を持っていた。体操着を持って帰って来たのである。重くはないが、かさばる。

文庫本の棚を眺め、エッセイや文芸書を眺め……。

今は難しい社会問題の本には目が行かない。

ケータイが鳴った。

「――もしもし」

「信忍、大丈夫？」

姉の秋乃だった。

「まあね」

「お母さん、どうしてる？」

「寝てる――と思うよ。今、外なの」

「そう……。一度行ってあげたいけどね」

「電話でもしてみて」

「お母さんに？　でも、何て言えばいいのか……。病院には？」

「行ってない。あの女が、すっかり奥さん気取りらしいよ」

「お父さんも、どうしちゃったのかしら」

と、秋乃がため息をつく。「ともかく——一度時間作って行くから」

「うん。でも、お姉ちゃんの体の方が大事だから」

「出歩いた方がいいのよ。——信忍、悪いけど、お母さんを見ててね」

「うん、分ってる。——本屋さんの中だから。じゃあね」

信忍はケータイを切って、少しやり切れない思いでいた。

姉が心配してくれているのは分っている。でも、今の家がどんなことになっているか、姉には想像もつくまい……。

ただ歩いているのも疲れて、信忍は書店から出ると、何か可愛《かわい》い小物でも見ようと歩き出した。

突然、腕をつかまれて、びっくりする。

「何ですか？」

振り向くと、書店の名札をつけた男で、

「分ってるだろ」

と、信忍をにらんでいる。

「え？」

「その袋の中に、雑誌を入れたね」

信忍は言われたことの意味がやっと分って、ムッとした。

「私が万引きしたって言うんですか？」

「そこに入ってるだろ」

「そんなことしませんよ！」

と、男の手を振り離す拍子に、手さげ袋が落ちて、中から体操着と一緒に、見たこともない芸能誌が飛び出した。

「じゃ、これは何だ？」

と、男が雑誌を拾い上げる。

信忍は呆然としていた。——どうしたっていうんだろう？

「さあ、一緒に来い」

と、書店員は信忍の腕を痛いほどつかんで言った。

「私、そんなもの、知りません」

「とぼけるな！　ともかく来い」

通りかかる人が振り返って見ていた。

信忍は逃げ出すこともできず、書店に戻った。

「私、そんなもの、盗《と》りません」

と、レジの所で足を止め、信忍は言った。

「現に入ってたじゃないか」

「でも盗っていません」

「開き直るのか？　警察を呼んでもいいんだな」

——警察。

信忍は何だか知らないが、おかしくなって笑ってしまった。

「何がおかしいんだ！」

店員が怒れば怒るほど、信忍の方は冷めて来た。

「警察でも何でも呼んで下さい」

「何だって？」

「その雑誌に、私の指紋がついてるかどうか、調べてもらって下さい。万引きしたのなら、指紋があるはずでしょ。私、触ってないんですから」

もう何も怖くない。そんな気分だった。

信忍の言葉の勢いに、店員の方もたじろいでいた。

店内の客も、みんな信忍の方を見ている。

そのとき、

「ちょっと」

と、進み出て来た背広姿の男性がいた。「その子は雑誌を盗ってない」

「あんたは――」

「見ていたんだ。高校生ぐらいの男の子が、その雑誌をその女の子の袋へ入れた」

と、その男性は言った。「その子が万引きしたと君に言ったのは、黄色いマフラーをした男の子だろ？　その男の子がわざと入れたんだ」

「でも……」

「理由は知らない。しかし、その子が万引きしたのでないことは確かだ」

その男性の穏やかだがしっかりした口調に、店員の方も、それ以上は何も言えなくなってしまった。

「――ありがとうございました」

と、書店を出て、信忍はその背広の男性に礼を言った。

「まあ、見た通りを言っただけだがね」

と、その男性は言った。「何か恨まれてるの？　君に振られた子なのかな」

「見当つきません」

「気を付けて。今どきはわけも分らず恨まれたりするからね」

「はい」

信忍はくり返し礼を言って、その男性を見送った。

冷静になってみると、もしあの男性がいてくれなかったら、何と言いわけしても通らなかっただろう、と思ってゾッとする。

でも——誰が？

信忍はふと寒気がして、周囲の人の流れに目をやった。

すると——急ぎ足でやって来る聡が見えたのである。

え？　本当に？

「——一時間たってないよ」

と、信忍は言った。

「強引に終らせた。待ちくたびれただろ？——おい、どうしたんだ？」

信忍は急に涙が出て、止まらなくなった……。

「待ちなさい」

と、声をかけると、足早に駅へ向っていた黄色いマフラーの少年が振り向いた。

「やっぱり君か」

信忍が万引きしていないと証言した男性は言った。「僕を憶《おぼ》えてるかね」

少年は少しの間相手の顔を見て、

「――ああ」

と肯《うなず》いた。「弁護士だよな」

「君のお父さんの弁護団にいた、柿沼だ。――慎一君だったね」

須藤慎一は眉《まゆ》をひそめて、

「どうして邪魔したんだよ」

と、柿沼に文句を言った。

「あんなことをして、仕返しのつもりかね？」

「あれぐらいのことが何だって言うんだ？」

と、慎一は言い返した。「あいつの親父《おやじ》がやったことに比べりゃ」

「あの子に罪はない。そんなことをしても、お父さんの名誉回復にならないよ」

「放っといてくれよ」

慎一は駆け出すようにして、人ごみの中へ消えて行った。

――柿沼は、タクシーを拾うと、オフィスへと向った。

ケータイを取り出してみると、メールや着信が十件近くある。

本山信忍を見かけて、話しかけたものかどうか、しばらく迷っていた。そして、須藤慎一が信忍の袋に雑誌を入れるのを見てしまったのである。

信忍と、もっとゆっくり話したかった。

本山の様子も知りたかったのだ。しかし、そんな時間はない。

タクシーの中で、柿沼は元の事務所へ電話をかけた。

「大津です」

「柿沼だけど」

「ああ、どうも」

「ちょっと話しておきたくて」

柿沼の話に、大津はびっくりして、

「慎一君が？　それはまずいですね」

「うん。気持は分るが、却《かえ》ってイメージダウンになる。気を付けていてくれ」

柿沼は、かつての「仲間」との話を短く切り上げて、今のオフィスへかけた。

家では大津へかけられない。妻の由子が神経を尖《とが》らせている。

「――連絡もらってすまない」

と、柿沼は言った。「今、そっちへ向ってるから」

忙しさが、今はそのまま収入になる。

しかし——どこかで柿沼は後ろめたいものを覚えていた。

タクシーが走り抜ける町は、クリスマスの飾り付けで華やかだった。

17 スポットライト

凍えるような、灰色の日だった。

それでも信忍は弾むような足どりで姉の家へとやって来た。前もって連絡はしていなかったが、たぶん姉は家にいるだろうと思ったのである。

玄関先に立ってチャイムを鳴らすと、信忍は吹きつけて来る寒風に首をすぼめた。

「お姉ちゃん……。いるのなら、早く出てよ」

と呟《つぶや》いたが、応答がない。

留守かしら？——やっぱり電話してから来るんだった。

もう一度チャイムを鳴らし、それから信忍はケータイを取り出した。

姉のケータイへかけてみようと思ったのである。しかし、そのとき、インタホンか

ら、

「どなた？」

と、姉の声がした。

一瞬、信忍は返事ができなかったが、

「――私、信忍」

と言うと、

「ああ。ちょっと待って」

すぐに玄関のドアが開いた。

「ごめんね。急に来ちゃって」

「いいわよ、そんなこと」

市川秋乃は笑顔で、「さ、入って。寒いわね、今日は」

「体の方、大丈夫？」

「ほとんどつわりはないから」

と、秋乃は言った。「お昼は食べた？　何か作ろうか？」

「あ……。何かある？」

コートを脱いで、コート掛けに掛けながら、「朝から食べてないんだ」

「え？　だめじゃない、若いのに」

秋乃は台所の方へ行って、「ゆうべのシチューがあるけど、温めようか？」

「食べたい！」

「じゃ、十分くらい待って」

秋乃はシチューの鍋《なべ》をガステーブルの火にかけて、「――信忍。ちゃんとご飯食べてないの？」

「そういうわけじゃないけど……」

信忍はダイニングの椅子《いす》にかけて、「お母さん、あんまりご飯作んなくなったから」

「そうなの？」

秋乃は皿を出しながら、「自分も食べないの？」

「お酒飲んでる」

信忍の言葉に、一瞬秋乃は表情をこわばらせた。

「お酒？　どれくらい飲んでる？」

「昼間飲んでるのは分んないから……。ね、お母さんってお酒飲んでたっけ？」

秋乃は少しの間黙っていたが、

「――信忍は小さかったから憶えてないだろうけどね。あんたが三つか四つのころ、お父さんが忙しくてほとんど家に帰って来なかったの。お母さんは、寂しがり屋でしょ。耐えられなかったんだと思うわ。昼間からお酒を飲むようになった」

「知らなかった」

「そのときは、お父さんが気付いてね。飲酒癖がひどくなる前にやめさせたの。でも、結局一年くらいは飲んでたと思うわ」

「じゃあ……どうしたら？」

「今のお母さんに言っても、聞くかどうかね……」

秋乃は鍋の火を止めて、食事の仕度をしてくれた。信忍は一心に食べ始めた。

「ちゃんと食事くらい作ってくれなきゃね。私、お母さんと話してみるわ」

と、秋乃は言った。「――ね、信忍、何か用事があって来たんじゃないの？」

「あ、そうだ！　忘れてた」

信忍はバッグから週刊誌を取り出して、「ね、これ、読んで！」

「週刊誌？――あら、この〈天才劇作家〉って、信忍の彼のこと？」

「へへ、ちょっと照れるな」

「あんたのことじゃないでしょ。――でも、大したもんね！」

「写真の写りが気に入らない、って本人は不満げだけど」

「あら、そんなことないわよ」

と、秋乃は首をかしげて、「実物よりよく撮れてない？」

「ちょっと！　彼にそんなこと言わないでよ！」

二人は声をたてて笑った。

そう。――やっぱり笑っていられるって、すてきなことだ。

「それで……これ！」

と、信忍はバッグからチラシを取り出した。

「ああ、クリスマス公演って、前にもあったよね」

と、秋乃はチラシを手に取って、「――明日？　そうか、もうクリスマスだよね」

「お姉ちゃん、無理しないで。ただ一応置いとこうと思ってね」

「うーん……。明日と明後日《あさって》ね。明日はちょっとだめかな。明後日なら行けると思うわよ、私」

「でも、大丈夫なの？」

「今から動かないでいたら、太り過ぎちゃうわよ。――うん、明後日行くわ」

「じゃ、しっかり席を取っとくからね。満員お立ち見になるって」

「あら、たいしたものね。タダ？」

「お志《こころざし》はいただきますって。何しろ、セットとか衣裳《いしょう》とか、色々お金かかってんの」

「あんたが払ってるわけじゃないでしょ」

と、秋乃は笑った。「分った。少し包んでくわよ」

「よろしく!」

信忍はきれいにシチューを平らげて、フーッと息をついた。「幸せ!」

「どんなお芝居なの?」

「私だって知らない。何も知らないで見た方が面白いよ」

「それもそうね」

秋乃のケータイが、居間のテーブルで鳴り出した。信忍は、突然姉の表情が険《けわ》しくなったのを見てびっくりした。

「——お姉ちゃん、出ないの?」

「出るわよ」

秋乃はゆっくり立ち上ると、体を緊張にこわばらせて、鳴っているケータイを取り上げた。

「——もしもし。——ああ、どうも! ごめんなさい、ちょっと台所にいて。——いえ、いいの」

秋乃がホッとした口調でしゃべっている。

何があったのだろう？　――信忍は、さっき玄関のチャイムを鳴らしたとき、インタホンに出た姉の声が、まるで別人のように怖く聞こえて戸惑ったことを思い出した。

「――ええ、伺うわ、一度。――はい、ご主人によろしく。――それじゃ」

秋乃は十分ほど話して切ると、「英会話のクラスのお友だち」

と言った。

「お姉ちゃん。何かあったの？」

秋乃は少し迷っていたが、

「実はね……。このところ、無言電話が何度かかかって来て」

「いたずら？」

「だと思うけど……。家の電話にも、私のケータイにも」

「お姉ちゃんのケータイなんて、知ってる人、そういないよね」

「そうなのよ。――まあ、そうしょっちゅうってわけじゃないんだけど、却って、出ちゃうのね。ケータイは番号変えようか、って思ってる」

「その方がいいよ。変なのがいるからさ、世の中には」

「信忍……。そっちはどう？」

「うちの前にはもういないよ。お父さん入院したって知ってるからね」

「それならいいけど……。神経、参るよね本当に」

「それより——お父さんがあの近藤ミキって女をそばに置いてるのが……」

「見舞にも行きたくないわね。放っておきなさい。今は何を言っても仕方ないから」

信忍は一緒に居間のソファに座ると、

「お義兄《にい》さんは？」

と訊《き》いた。

「うん……。一応会社には行ってるけど、帰りに昔の刑事仲間と会ったりしているみたい。——少しは落ちついてくれたけどね」

「もしかして——無言電話って、そのことと関係あるのかな」

「分らないけど……。でも、充分あり得るわね」

「でも、お姉ちゃんには係《かかわ》りないのにね」

「お父さんが入院して、一旦《いったん》おさまってるけど、須藤さんの冤罪《えんざい》の件は、このままじゃ終らない。お父さんと組んでた登さんも、証人として呼ばれるだろうし、冤罪を知ってて見逃したって言われる……」

「そうだね……」

「苦しんでるわ、今になっても。もし訴えられたら……」

秋乃は言葉を切って、「昨日ね、玄関のチャイムが鳴って、インタホンに出ても何も言わないの。それで玄関のドアを開けてみたら……」

「どうしたの？」

「玄関前のコンクリートの所に、白いペンキでロープが……」

「ロープ？」

「輪にした、絞首刑《こうしゅけい》のロープの絵が描いてあった」

「それで――怖い声で出たのね」

「怖かった？　ごめんね」

「その絵は？」

「登さんが見たら気にすると思ったから、洗って消したわ。なかなか完全には消えなくて、苦労したけど」

「無言電話と同じ奴《やつ》かな」

「さあね……。あんまりピリピリしないようにしてるんだけど」

信忍は、書店で万引きの疑いをかけられたことを思い出した。

もしかしたら、あれも同じ人間のやったことかもしれない。

しかし、今姉にそんなことを話して、心配の種をふやしたくはなかった。

「――今日も小田島君と会うの？」

と、秋乃は訊いた。

「今日？　いくら何でも……。稽古《けいこ》の最中よ」

「あ、そうか。彼も出演するの？」

「うん。何しろ、できるだけ少ない人数でやらないとね」

と言って、信忍はちょっと笑い、「一番セリフ憶《おぼ》えてないのは彼だって」

「忙しいものね」

「あ、ごめん」

ちょうどケータイが鳴って、「彼だ。――もしもし？」

「今、どこだ？」

と、聡が訊いた。

「お姉ちゃんのとこ。お客一人、確保したからね。どうしたの？」

「今から会おうか」

「え？　だって――リハーサルは？」

「あんまり今日やり過ぎると、本番が燃えない。今夜はみんなのんびりするように言っといた」

「へえ。それじゃ……」

「お前の顔見ると、何だかホッとするんだ。呑気《のんき》そのものだろ」

「どういう意味よ！」

と、信忍は怒ってみせたが――。

分っている。本番を控えて、聡は怖いのだ。心細くてたまらないのだ。

「いいよ。じゃ、どこで？」

「そうだな……。どこか静かな所がいい」

「今、どこなの？　学校？　じゃ、そっちに行こうか」

「ああ。待ってる」

「二人でいるとこ、写真撮られても知らないよ」

「そんな有名人じゃねえぞ」

聡も笑った。

「じゃ、近くに行ったら、ケータイにかけるね」

と言って、信忍は切った。「お姉ちゃん――」

「はいはい。彼氏を勇気付けてらっしゃい」

「うん」

信忍は早々に仕度をして、姉の家を出た。

「じゃあね」

「寒いから、気を付けて」

秋乃は玄関先で手を振って見送った。

信忍の楽しげな様子を見ていると、秋乃も少し心が安らぐ。——十七歳の恋か。

玄関の鍵《かぎ》をかけて、居間へ戻ろうとすると、ジーッという機械音が聞こえた。

「ファックスだわ」

廊下に置いた電話が、ファックスと自動切換えになっている。

見に行くと、ちょうど一枚出終ったところだった。

それを手に取って、秋乃は思わず一瞬声を上げ、紙を取り落としていた。

足下に落ちたファックスには——白紙の真中に、黒々と、輪にしたロープの絵が描かれていた……。

小田島聡は、明日本番を迎える舞台に一人立っていた。

もちろん、みんな帰ってしまった。

信忍と会いたい。——その思いもあって、リハーサルを打ち切った。

しかし、明日に集中するため、というのは言い訳ばかりでもない。本番になれば、聡の細々とした注意など、誰も憶えてはいないのだ。

もう、セットは組んである。

あとは明日が来て、時間になれば幕が上るのだ……。

——突然、舞台にスポットライトが落ちた。聡を捉《とら》えている。

「信忍？」

客席へ入って来た少女を見て、聡は言った。信忍にしては早過ぎる。

「私よ。お邪魔だった？」

舞台の方へやって来たのは、穂波エリだった……。

18 喝采《かっさい》

幕だ！　早く下ろせ！

小田島聡は、心の中で叫んでいた。

「終りの幕は素早く下ろせ」

と、くり返し係の子に言っておいたのだが――。

しかし、幕はいつもと同じ早さで、ゆっくりと下りて来た。――あいつ！　ぶっとばしてやる！

聡の心の中の罵声《ばせい》は、外にも聞こえるかと思えるほど凄《すさ》まじいものだったのだが、ともかく、聡の劇、〈真夜中の庭〉は終った。

明日の公演はあるにせよ、第一回目の公演は終ったのである。

しかし――幕の向うで、客席は静かだった。

舞台にいるメンバーたちは、不安げに顔を見合せた。

拍手が来ない？　そんなことって……。

聡も不安になった。しかし、それを顔に出してはならない。みんな、よくやったのだ。

そのとき――爆発するような勢いで、客席は拍手と歓声で溢《あふ》れた。

それは幕を突き破るかという勢いだった。

ホッとして、誰もが顔を見合せる。

「さあ、カーテンコール」

と、聡は促したが、その声は全く聞こえなかったろう。

幕が上ると、喝采する満員の客席が見えた。

むろん学生たちが多いのだが、それ以外の客も何割かは入っている。

誰もが熱狂的な拍手を送っていた。

〈真夜中の庭〉は、成功したのだ！

聡は、まだ実感がないまま、他の出演者たちと手をつなぎ、頭を下げた。

一旦、袖《そで》へ引込む。

「お疲れさま！」

「聡！　すばらしかったよ！」

と、信忍が駆けて来て、聡に抱きついた。

「おい……。汗びっしょりだぜ、俺」

と、聡は苦笑した。

「はい、おしぼり」

スタッフが冷たいおしぼりを渡すと、聡はそれを顔に押し当てて息をついた。

「メークが落ちないように、こすらないで」

と、信忍は言った。「カーテンコールに変な顔で出ないようにね」

「ああ、分ってる。――良かったか？」

「うん！　傑作だ！」

と、信忍は肯《うなず》いて、「さあ、また舞台に出て！」

カーテンコールは何度も続いた。

そして、最後にはただ一人、舞台に立った聡に、「作者として」の拍手が送られたのである。

「――疲れた！」

やっと楽屋へ戻ると、聡は他の面々に、「明日もあるんだぞ！　今夜舞い上って酔い潰《つぶ》れたりするなよ」

と、声をかけた。

「ご苦労様」

と、信忍はタオルを聡に渡して、「外にいるね」

「うん。表は寒いから、ロビーの辺りにいろよ」

「分った」

信忍は微笑《ほほえ》んで、「明日はお姉ちゃんも来るからね」

「ああ」

――聡は肯いて見せた。

むろん、明日も信忍は来る。しかし——穂波エリも来ると言っていた。信忍はそんなことは知らないが。

「たぶん、来ないよな」

あんな売れっ子のアイドルが、こんな素人《しろうと》の学生演劇にやって来るもんか。そうだとも。

もし来たら？——来たって別にどうってことはない。彼女が勝手に来たというだけだ。聡が来てくれと頼んだわけじゃない……。

「そうだ。——おい、透《とおる》、一幕で引っ込むのが、今のままじゃ早過ぎる。もう少しゆっくり」

「分った」

聡は、芝居のことを考えていると幸せだった。

ロビーに出ると、人っ子一人いなかったが、それでもまだ大勢の人の熱気は残っているようだった。

信忍は、少し古ぼけたソファに腰をおろして、聡の出て来るのを待った。

ふしぎに昂揚感《こうようかん》はなくて、冷静だった。

むろん聡の作品が成功したのは嬉《うれ》しかったけど、今の信忍には、それ以上に気になることがあったのだ。

気になる、といっても不安だというのとは少し違う。

今日はどうするんだろう？　この後、二人で帰るにしても……。

信忍は目を閉じた。

昨日の、聡と過した一瞬一瞬が、鮮やかによみがえって来る。あんなに無我夢中だったのに……。

昨日、聡は落ち込んでいた。作品に自信が持てず、明日の公演が大失敗に終るに違いないと思い込んでいた。

聡に抱きしめられて、信忍は思った。

私が彼に勇気を、自信を与えてあげよう、と。私にできることなら、何でもしようと……。

聡は信忍を求めて来た。キスぐらいしたことはあったが、それ以上は信忍にとって初めての世界だ。

でも——ためらわなかった。

「聡のいいようにするよ」

と、信忍は上ずった声で言った……。

二人で過す初めての時間は、すばらしく充実して、そしてくたびれた！

でも、信忍は幸せだった。後悔はしていない。ただ……。

あんなことになるとは思っていなかったので、何の用意もしていなかった。たぶん——たぶん大丈夫。たった一度だ。

そんなことにはならない……。

ケータイが鳴った。メールだ。

知らないアドレスからだった。

〈お芝居の成功おめでとう！〉

え？　聡あて？　しかし、続く文面は信忍を驚かせた。

〈そして、めでたく彼と結ばれて、おめでとう！　昨日は楽しかった？　でも、一つ教えてあげるね。あなたは彼にとって、昨日キスした二人目の女の子〉

何のこと？　信忍は呆然《ぼうぜん》としていた。

〈彼は昨日、穂波エリとキスしたのよ。訊《き》いてみて！　あなたの友だちより〉

——穂波エリ。

あのアイドルが？　まさか！

あのとき、聡の台本に関心を持ってはいたけれど……。

「やあ、待たせたな」

聡が来て、信忍はケータイをパタッと閉じた。

「早かったね」

「明日があるしな」

聡は信忍の手を取って、「腹減ったよ！　ラーメンでも食べよう」

「うん」

信忍は忘れることにした。――何もかも。

聡は私のものだ。私だけのものだ！

信忍は、聡の手をギュッと握りしめた。

病室のドアを開けるとき、市川はキュッとわしづかみにされるような痛みを胸に覚えた。

しかし、入らないわけにいかないのだ。

「失礼します」

市川は声をかけた。

個室の中には、患者以外誰もいなかった。

市川はホッとした。

あの近藤ミキという女と会ったら、何を話していいか分らない。

ベッドで、患者が何か声を出した。

それは低い唸《うな》り声で、言葉になっていなかった。

「僕です。市川です」

ベッドへ歩み寄ると、本山の目が見開かれた。

「お前か……」

と、辛《かろ》うじて聞き取れる声で言った。

「いかがですか？　顔色はいいじゃないですか」

と、市川は椅子《いす》に腰をおろした。

本山がけだるそうな身振りで、テーブルの上のペットボトルのお茶を指差した。

「お茶、飲みますか？　――僕のことですか？　僕はいいんです」

と、市川はできるだけ明るく言った。

本山の視線は懐《なつか》しげで、暖かかった。

「秋乃がよろしくと言ってました」

と、市川は言った。「見舞に来たいと言ったのですが今は……」

市川は少しためらって、

「――実は、子供ができたんです」

と、市川は言った。「初孫ですね」

本山がちょっと当惑したように、市川を見つめ、それから口もとにかすかな笑みを浮かべた。

「あの――近藤ミキって人は？」

と、市川が訊くと、本山は黙って首を振った。「留守ですか」

市川は座り直すと、

「本山さん、今日は頼まれて来ました。いえ、見舞に来たかったのは本当です。ただ……」

市川はためらっていたが、近藤ミキが戻って来たら厄介だ。

「聞いて下さい。――このところ、近藤ミキさんが、記者会見を開いたり、インタビューに答える形で、例の一件について話しています」

と、市川は口を開いた。「彼女は、当時、上層部がすべて知っていた、と発言しているんです」

本山は少し頑《かたく》なな表情になった。

「上の方としては困って、僕をここへよこしたってわけです」と、曖昧《あいまい》に肩をすくめて、「本当なら僕はもう立場上、こんなことは言えないんですが……。あの件については、黙っていてほしい、っていうのが神月さん始め、上層部の意向です」

本山は、聞いているのかどうかも分らなかった。

「――本山さん。あのことについては、僕も見て見ぬふりをしました。僕にも責任はある、と思っています。でも……」

ドアが開いて、近藤ミキが大きなスーパーの袋を抱えて入って来た。

「あら」

市川は立ち上って、

「どうも」

とだけ言った。

「あなた――市川さんね」

「そうです。本山さんにちょっと話が……」

「病人ですよ、相手は」

と、ミキは険しい口調で、「ちゃんと医師の許可を得てるんですか？」

「見舞に来るのがいけないんですか」

「見舞ね」

ミキは皮肉っぽく、「実の娘は来もしないで」

「あなたに遠慮しているせいです」

「あらそう。——あなたのことは、この人から聞いてるわ」

「何のことです？」

「例の、須藤って人の有罪の証拠をでっち上げたのも、元はと言えば、あなたの考えだった、ってこと」

「何ですって？」

市川は愕然《がくぜん》とした。

19 混乱

「お姉ちゃん！」

信忍は、いち早く姉の姿を見付けて、ピョンと飛びはねながら手を振った。

秋乃は笑いながら、

「まるで小さな子供ね」

と言った。「大した人気じゃないの」

「うん」

信忍は人で混雑しているロビーを見回して、「昨日の評判を聞きつけて、急にやって来た先生たちもいてね」

「私の席はある？」

「ちゃんと、特等席が取ってある！　一緒に来て」

もう八割方埋った客席へと秋乃を案内して、

「そのカバーのついた席が〈関係者用〉なの。どこでもいいよ」

「まあ、悪いわね」

秋乃は通路際《ぎわ》の席に腰を下ろした。

「私は楽屋にいる。お芝居は袖《そで》から見てるから」

信忍は自分のことのように興奮していた。

小田島聡の劇〈真夜中の庭〉、二日目の公演が、あと二十分ほどで始まる。

「お姉ちゃん、終ったらどうする？」

「私？　帰るわよ、もちろん」

「楽屋に来る？」

「やめとくわ。きっと凄《すご》い人でしょ」

「そうだね。じゃ、私も出て来られないかもしれないけど」

「いいわよ、気にしないで。私は一人で帰るから」

「ごめんね」

と、信忍が言って、通路を戻ろうとすると、

「やあ、君は小田島君の彼女だろ」

と、コートをはおった男がやって来た。

「あ……。〈週刊S〉の——」

「牧野だよ。昨日は大喝采《かっさい》だったらしいね」

「はい！　あの記事、ありがとうございました」

「気に入ってくれたなら嬉《うれ》しいね。——席はあるかな？」

「どうぞ、そのカバーの席に。空いてる所ならどこでも」

「ありがとう」

と、牧野は言って、「隣を取っておいていいかな？　たぶん開演間際に来ると思う

んだ」

「どうぞ」

信忍は姉の方へ、「それじゃ、お姉ちゃん」

と言って、駆けて行く。

――秋乃は、信忍の後ろ姿に、「恋する女」の輝きを見ていた。

今の秋乃には、救いのようだ。

いつもの信忍なら、姉の表情に、どこか晴れようのないかげりを見てとっただろう。

しかし、今の信忍はそれどころではないのだ。

「失礼ですが」

と、牧野が少し離れた席から声をかけた。「あの女の子のお姉さんで？」

「はあ」

「私は〈週刊S〉の牧野です」

「ああ、小田島君の記事を載せて下さった方ですね」

「ええ。あの記事とインタビュー、結構話題になってましてね」

「そうですか」

――秋乃は、相手が週刊誌の人間というだけで、つい用心してしまう。

そして、秋乃は今、夫のことが心配だったのである。

昨日、父本山悠吉を見舞に行った市川は、帰宅してもしばらく口をきかないほどのショックを受けていた。

「何があったの？」

と、秋乃がしつこく訊いて、やっと市川は口を開いた。

父がやった証拠のでっち上げ。須藤啓一郎を死へ追いやった、あの証拠捏造《ねつぞう》が市川の発案によるものだと——。

秋乃も話を聞いて、

「それって、近藤ミキの言い出したことよ」

と、夫に言った。

市川も、そう思っていた。しかし、ショックだったのは、本山が近藤ミキの言うでたらめを否定しないことだった。

市川は、本山の行為を察しながら黙っていたことで、自分を責めている。そこへ、本山の「裏切り」が重なって、市川を打ちのめしたのだった。

それでも今朝は、

「あんな女の言うことなんか、誰も信じないよな」

と、極力明るく言っていた。

「そうよ！　ちゃんと神月さんに話しておいた方がいいわ。——お父さん、もう人が変ってしまったのね」

と、秋乃は言った……。

「——え？」

秋乃は、牧野が何か話しかけていたことに気付いて、「失礼しました。つい考えごとをしていて……」

「いや、今日、特別な観客が来るんです」

と、牧野はニヤリと笑って言った。

「特別な？」

「ええ。——穂波エリが来ることになってるんですよ」

と、牧野は少し声を低くして言った。

「穂波エリ……。あのスターの？」

「たまたま、この台本を読みましてね。えらく気に入ったそうで」

「そうですか。——妹は知ってるんでしょうか？」

「さあ……」

と、牧野は首をかしげたが、「小田島君にはエリちゃんから伝えてあるそうだから、当然聞いてるんじゃありませんか」

「そう。――そうですね」

秋乃はちょっと気になった。そんなニュースがあれば、信忍が姉に言わないわけがない。

それとも、小田島が舞台のことで忙しくて、信忍に話すのを忘れているのか……。そうだ。そういうことは充分にあり得る。

開演まで十分を切ると、続々と客が入って来て、たちまち客席は埋ってしまった。

「椅子《いす》出して!」

「通路にも並べて!」

といった声が飛んで、一年生らしい子たちが、折りたたみのパイプ椅子を両手に抱えて走っている。

「大したものね」

と、秋乃は呟《つぶや》いた。

自分の学生時代を思い出して、ふと心が和《なご》む。

あのころは良かった。――悩みといっても可愛《かわい》いもので、でも当人にとっては「人生最大の問題」に思えるのだが。

場内のざわめきが一段と高まり、期待と興奮が一気に満ちて来る。

「間もなく開演いたします」

というアナウンスが流れて、「携帯電話の電源を切って下さるよう……」

そんな言葉は、ざわめきに埋れてしまう。

すると——何だか場内がスッと静かになったのである。

特に誰かが何か言ったわけではない。それでいて、人々の視線は会場へ入って来た少女へと引きつけられていた。

「穂波エリだ」

という囁《ささや》きが方々で起った。

アイドルは、通路を一人、足早にやって来ると、牧野の姿を見付けて、ちょっと微笑《ほほえ》んだ。

「——さ、隣にかけて」

と、牧野が言った。

「失礼します」

エリは秋乃の前を通り抜けて、牧野の隣の席に腰をおろした。——場内はそのまま静かになった。

「おい！　穂波エリが来てる！」

と、楽屋へ駆け込んで来た部員が言った。

「え？」

「本当に？」

と、声が上った。

信忍は聡を見た。――小田島聡はメークを仕上げながら、

「インタビューのとき、たまたま一緒だったんだ」

と言った。「ちょうどヒマだったんだろ、今日が」

「――な、どの辺に座ってる？」

と、騒いでいる出演者へ、

「おい！　客席を気にしてたら、セリフを忘れるぞ」

と、聡は言った。「誰が見てようと関係ない。ちゃんと舞台へ出て、セリフをしゃべるだけだ」

「聡、知ってたの？」

と、信忍は言った。

「何を？」

「今日、彼女が来るって」

「そんなこと言ってたけど……。忙しいから来ないだろうと思ってたよ」

そうじゃない。

そうじゃないのだ。聡は知っていた。だから、エリが来ていると聞いても、意外そうな表情を見せなかった……。

昨日の、誰からか分らないメールは、事実だったのだろうか？　聡がエリとキスしたというのは……。

しかし、今はそんなことを言っているときじゃない。

「さあ、始まるぞ！」

と、聡が言った。

昨日とは、明らかに会場の空気が違っていた。

それはあたかもプロの公演のようで、客席もまたそういう目で、舞台を見ていた。

そして、公演は終った。

嵐《あらし》のような拍手。――それに、穂波エリも加わっていた。

しかし、カーテンコールが始まると、エリは席を立って、

「失礼します」

と、秋乃の前を通り、通路へ出て行った。

「いや、大したもんだ」

牧野もエリを追うようにして、ホールを出て行く。

秋乃は、何となく気になりながら、拍手を続けていた。

――信忍は、袖《そで》でただじっと立っていた。

今、聡は信忍のものではない。今日の客席のすべての人のものだ。

信忍は、一人、袖から下りて楽屋の方に歩き出した。

楽屋のドアを開けると――エリが椅子にかけていた。

「あら……。あなた、この間聡君と一緒にいたわね」

「ええ……」

「おめでとう！　大成功ね」

「どうも……。お忙しいのに、来ていただいて」

「ぜひ見たかったの。才能あるわね、彼は」

と、エリは言った。

「じき、戻ります」

「待ってるわ」

そして、エリは、今日本中の男の子たちをウットリさせている笑顔で、信忍を見ていた。

エリは、「ここは私の場所よ！」とでも言っているかのように、いかにも当り前の様子で、そこにいた。

信忍は息苦しくなった。エリと同じ部屋の空気を吸っていることが辛《つら》かったのだ。

こんな気分になったのは初めてだった。

「ちょっと――失礼します」

と、信忍は言って、楽屋から出た。

心臓は、まるで薄い空気に喘《あえ》ぐように、痛く、もがきながら打っている。――嫉妬《しっと》。

これが嫉妬というものなのか。

むろん、信忍だってもう十七である。「やきもち」をやくことぐらい、経験していた。

でも、今味わうこの苦しみは、今までに知っていたのと、全く違う深いところで血をにじませているようだった……。

舞台では、まだカーテンコールが続いているようで、拍手は一向におさまる気配がない。

ふと、人の気配で振り向くと、〈週刊S〉の牧野が立っていた。

「大成功だね」

と、牧野は言った。

「ええ……」

「穂波エリは？　楽屋の中？」

「ええ。——小田島君を待ってるって」

「エリの好みだからな、あの男の子は」

信忍はちょっと表情をこわばらせて、

「でも、違う世界の人でしょ」

「まあね。しかし、同時にエリも十九歳の女の子だ」

牧野は、少し声をひそめて、「君、あの本山悠吉さんの娘さん？」

「そうですけど……」

「じゃ、客席にいたお姉さんって、本山さんの相棒だった刑事の奥さんだね」

「でも——市川さんは、もう刑事を辞めました」

「そうらしいね」

「あの――父のことが、小田島君と何か関係あるんですか？」

「いやいや、そういうつもりで訊《き》いたんじゃないよ。週刊誌の記者なんかやってると、つい何でも詮索《せんさく》したくなってね」

と、牧野は笑って、「――しかし、大変だったろうね」

信忍は何も答えなかった。

ちょうど、カーテンコールが終ったらしい。

興奮した足どりで、みんなが戻って来る。

「やあ」

聡が汗に光った顔で、信忍に笑いかける。

「おめでとう」

と、牧野が言った。

「どうも」

「穂波エリさんが中で待ってるわ」

と、信忍は言った。「二人きりになりたい？」

「中にいる？　そうか」

聡がドアを開けると、目の前にエリが立っていた。

「天才劇作家の凱旋《がいせん》ね」

と、ニッコリ笑って言うと、エリは聡に抱きついた。

居合せたみんながワーッと沸いた。

信忍は、ただ黙って見ているしかなかった。

そう。エリはキスまでしていない。

私の勝ちだわ！　私が聡の恋人なんだもの。

信忍は、聡を抱きしめたエリが、素早く彼の耳に何か囁いたことに、気付かなかった。

20　悔恨

「どうも……」

初老の医師は、やや戸惑った様子で、「須藤由利子《ゆりこ》さんの病状について、お知りになりたいと？」

「そうなんです。意識は戻られたんでしょうか」

「ええと……」

医師は名刺を見て、「市川……登さん？　患者とはどういうご関係ですか」

「それが——少し複雑なことですが」

と、市川は言った。「須藤由利子さんが、なぜ自殺を図ったかはご存知でしょう」

「ええ、話題になりましたからね」

「実は——その原因を作った警察の人間なのです」

市川が事情をかいつまんで話すと、

「なるほど」

と、医師は肯《うなず》いた。「すると今はもう刑事さんではないわけですね」

「はい。あの事件をきっかけに、辞めました。今は民間の調査機関に……」

「分りました。しかし、なぜ由利子さんの容態を？」

「知りたいんです。私自身にも、いくらかの責任はありますし」

応接室には午後の日射《ひざ》しが入って、暖かかった。

「まあ、特に隠すこともありません」

と、医師は言った。「生命は取り留めましたが、まだ昏睡《こんすい》状態から覚めていません」

「そうですか……」

「ずっとこのままとは思えませんが、意識が戻っても完全に元の通りになるかどうか……」

「分りました。――もし、お話できるようなら、ひと言お詫《わ》びしたいと思っていたのですが……」

「もし、そういう状態になったら、ご連絡しましょう」

「ありがとうございます」

市川は立ち上り、重ねて礼を言って応接室を出た。

気は重かったが、少なくとも医者に話をしたことで少し気持が楽になった。

病院の玄関へ向っていると、途中すれ違った男性が、

「市川さんじゃありませんか」

と、声をかけて来た。

振り向くと、どこかで見た記憶のある男性である。

「柿沼です、弁護士の」

「ああ！」

市川は思い出した。しかし、ずいぶん立派な身なりで、須藤を弁護していたころとは違う。

「須藤さんの奥さんを見舞に？」

「ええ。——残念ながら、まだ意識が……」

「そうですか」

——二人は何となくそのまま別れる気になれず、病院を出た所の喫茶店に入った。

「なるほど、刑事を辞めたとは聞いていましたが」

と、柿沼は市川の名刺を見て肯いた。

「柿沼さん、以前の弁護士事務所じゃないんですね」

市川も相手の名刺を見て言った。

「何しろ、色々苦労が多くて……」

と、柿沼は言った。「娘の学費とか、稼げる所へと……」

「分ります。大変ですよ、ああいう被告ばかり扱っていたら」

市川は、コーヒーが来ると、ゆっくりと飲んだ。

二人はしばらく黙って向い合っていた。

互いに抱える痛みは、よく分っていた。

「妙なもんですね」

と、市川は言った。「今思うと、どうしてあんなに必死になって須藤さんを犯人にしようとしたのか、分りません」

柿沼は黙っていた。市川は深々と息をついて、

「面子《メンツ》をかけて捜査に熱中していると、本当の犯人が誰かなんて、どうでもよくなる。ともかく誰か逮捕して、自白させられればいい、という気になるんです。——でも、あんなことになるとは……」

「処刑を急ぎ過ぎましたね。もし時間があったら……」

二人は、またそれきり黙ってコーヒーを飲んだ。

もう、須藤は生き返って来ない。その事実が、重く二人にのしかかった。

「——本山さんは入院されたとか」

「ええ」

「本当に倒れたんですか？　口実を作って入院しているという噂《うわさ》も」

「具合は良くないんです。しかし、周囲で色々困ったことがあって」

「市川さん。——しかし、いずれ誰かが責任を取らなくては」

「よく分っています」

と、市川は肯いた。「ともかく——本当の犯人が捕まったのは、せめてもの救いですが」

「それに、市川さん。今でも分らないんですよ。なぜ須藤さんは証拠がでっち上げだと、強く訴えなかったのか。——理由はお分りですか」

「いや、私も知りません」

と、市川は首を振って、「何か我々の知らない事情があったんでしょう」

「それはずっと気になっているんです」

と、柿沼は言った。「それと、須藤さんの息子の慎一君が……」

「どうかしましたか」

「本山さんの娘に、いやがらせのようなことを。——注意はしたんですが」

「本山さんの娘……。信忍君ですか」

「そうか。——あなたの奥さんは本山さんの」

「長女です。下に信忍という妹が」

「そうでしたね」

と、柿沼は肯いて、「それでは——色んな意味で、大変でしたね」

「まあね」

市川は、ちょっと微笑《ほほえ》んで、「この痛みはずっと抱いて生きなくてはならないでしょう」

「市川さん。本当はあなたのような人に、刑事として残っていてほしかったと思いますよ」

と、柿沼は言った。「――失礼」

柿沼のケータイが鳴ったのだった。席を立った柿沼は少し話してから戻って来ると、

「打合せがあって。――またお会いしたいですね」

どちらからともなく、二人は握手をしていた。

市川は一人残って、ゆっくりとコーヒーを飲み干しながら、少し救われたような思いであった……。

もう明るくなっていた。

信忍は、ベッドで目覚めたが、自分が着替えもしていなかったことに、びっくりした。

「ああ……。すっかり寝ちゃった！」

信忍は起き上って欠伸《あくび》をした。

朝――というより、もう昼に近いといってもいい。

信忍は、ゆうべのことを思い出していた。

公演の後、打上げがあり、信忍も聡と一緒にいた。

穂波エリは、もちろん仕事があると言って、あれからすぐに帰って行ったのだ。

信忍は打上げの後、聡と二人になれると思っていたが、聡から、

「セットや衣裳《いしょう》で世話になった人たちにお礼に行かないと」

と言われた。

もちろん、信忍も聡の立場は分っている。

「帰ったら電話するよ」

と、別れるとき、聡は言った。

「そうか……」

そのせいで、この格好のまま、寝てしまったのだ。

聡から電話がかかると思っていたから。――でも、ケータイを見ても着信の記録はない。

聡も疲れたんだろう。

ともかく今は公演の成功を、聡と一緒に喜びたかった。

ケータイで、聡にかけてみたが、電源が入っていないようで、つながらない。

信忍は欠伸しながら部屋を出て、階下へと下りて行った。

「お母さん？　——いる？」

こんな時間なのに、カーテンが閉ったままだ。信忍はカーテンを開けて、台所を覗《のぞ》いた。

「お母さん……」

母、久美子がテーブルに突っ伏して寝ていた。具合でも悪いのかと心配して、起こそうとしたが——。

アルコールの匂《にお》いがした。酔って寝てしまったのか。

「——信忍？」

と、久美子はやっと顔を上げて、「あら……。もう朝なの？」

「お母さん。——そんなに飲んだの？」

「飲んだって……。大したことないわよ」

久美子は、急に老《ふ》け込んで見えた。

「私——出かけて来る」

「何か食べてからにしたら？　作るから」

「いい。外で食べる」

だらしなくなった母を見ているのが辛《つら》い。

信忍は急いで部屋へ戻ると、しわになった服を脱いで、着替えた。
ともかく、聡と会いたかったのだ。
「行って来ます」
と、言葉を投げるように言って、家を出た。
いやだ、いやだ！
あんなお母さん、見たくない。
むろん、責任は父にある。でも、母にはちゃんとしていてほしいのだ。
どこへ行くという考えもなく、ただ歩いていると、ケータイにメールの着信があった。
聡だろうか？　急いで取り出す。
信忍の表情が曇った。――あの誰からとも知れないメールだ。
〈ゆうべは、彼と二人でいられなくてお気の毒。写真を送るね。よく撮れてるよ〉
信忍は、写真を画面に出して、愕然《がくぜん》とした。
聡と穂波エリ。――しっかり腕を組んで、夜の道を歩いている。
エリの服装には、見覚えがあった。昨日、公演を見に来たときのままだ。
では、ゆうべ打上げの後で、聡はエリと会っていたのか？

「嘘《うそ》だ！」

信忍は、そのメールを消去した。むろん、そんなこと、意味はないのだが――。

「――信忍」

と、声がした。

「お姉ちゃん……」

秋乃がやって来た。

「今から家に行こうと思って。――出かけるの？」

「ちょっと……」

「そう。お母さん、家にいる？」

「いるよ。ゆうべも酔ってたみたい」

「そう」

秋乃は眉《まゆ》をひそめて、「いいわ。お母さんと話してみる。あんた、あんまり気にしないのよ」

「うん、分ってる」

「大丈夫なの？　顔色良くないけど」

「平気！　何ともない」

と、明るく言って、「あ、お腹空《なかす》いてるんだ。何かおごって！」

「じゃ、朝も食べてないの？　だめよ、そんなんじゃ」

と、秋乃は笑って、「タクシー拾って、ちょっといい所に行こうか。お洒落《しゃれ》なランチ。ね？」

「賛成！」

信忍は目ざとく空車を見付けて、「タクシー、来た！」

と、大きく手を振った。

21　光と影

「もう行くの？」

と、信忍は訊《き》いた。

「インタビューがあるんだ」

小田島聡は、手早く服を着て、鏡の前で髪の乱れを直した。

「どこで？」

「ホテルだよ。ビデオに撮るって。——後はＴＶ局でプロデューサーと会う」

「そう……」

信忍はベッドの中で少し背を丸めて、「私——もう少し休んでから出る」

「ああ、時間、まだあるだろ？」

聡はバッグをつかんで、「じゃ、行くぜ」

「聡、あの記事、読んだ？」

と、信忍は言った。

言うつもりじゃなかったのに。言えば聡が怒ると分ってるのに。

「週刊誌の？　ああ、お節介な奴《やつ》が、わざわざ学校に持って来たよ」

聡は振り返って、「まさか信じてないだろう？」

「うん」

「じゃ、いいじゃないか。——行くよ」

「頑張ってね」

聡が出て行き、ドアが自動的に閉る。

信忍は、深く息をついて、広いベッドに仰向《あおむ》けに寝た。

ここへ来るのも何度目だろう？

まさか——自分がこんなホテルに入って、聡に抱かれるなんて。しかも、そのことにも慣れつつある自分に、驚いていた。

それは、突然「子供」から「女」になってしまったことの戸惑いでもあった……。

そして、聡も変ってしまった。いや、聡を取り巻く環境が変ってしまったのだ。

〈真夜中の庭〉の成功は、あの〈週刊S〉で取り上げられ、同時にTVでも話題になった。

聡がTV局のプロデューサーと話があるというのは、〈真夜中の庭〉をTVドラマ化したいという希望があったからである。

むろん、信忍は聡の「成功」を喜んでいないわけではない。

だが——今の信忍は、他に心配なことがあった。

一つは、週刊誌などが騒いでいる、穂波エリと聡の仲についてである。

その根拠は、何といってもあの上演を、わざわざスターの穂波エリが見に行ったということで、それ以外は特に二人で出歩いている写真などがあるわけではない。

それでも、週刊誌の記事は手を替え品を替え、続いていた。

エリの仕事仲間の「証言」や、あまり売れていないアイドルの「耳にした噂《うわさ》」も、いくつも重なると徐々に事実に見えてくるものだ……。

信忍とこうしてホテルに入るのも、本当なら危険なことかもしれない。だが聡はそんなこと、気にしないというふりをしていた。

「——起きよう」

信忍はベッドに起き上ると、息をついた。

いつまでも寝てはいられない。

バスルームに入って、シャワーを浴びる。

——聡とこうなったことを、姉の秋乃にも話していない。

いつか話しておこうと思うのだが。

ある不安についても……。

バスタオルで体を拭《ふ》きながら、ふと鏡の中の自分に目をやる。

そこに立つ裸の女に一瞬ドキッとする。それが自分だとは信じられないようだった。

そんな目で見るせいだろうか。そこには大人の体の信忍がいた。男を知ってしまった体の信忍……。

まさか……。まさか。

生理が遅れていた。もうとっくに来ていなければならない時期だ。

「一度だけなのに？」

初めて聡に身を任せた日、想像もしていなかったので、何の用意もなかった。

二度目からはちゃんと気を付けていたが、もし、あの初めての日に妊娠していたら……。

胸の膨らみ、腰の辺りの丸み。――ほんのわずかの間に、信忍は自分が変ってしまったことを、認めないわけにいかなかった……。

聡にその不安を話そうと思っても、それが聡を遠ざけてしまわないかと恐ろしかった。

もし本当に聡が穂波エリと会っているとしたら……。

聡を失いたくない。――その思いが、信忍を縛りつけていた。

ケータイが鳴っている。

急いで出る。姉からだった。

「――お母さん、どう?」

と、秋乃が訊いた。

「うん……。飲んでるよ、まだ」

「そう」

「一応、ご飯は作ってくれてる。あんまり酔っ払わなくなったけど……。お姉ちゃん、どうなの?」

「うん。大分落ちついたわ。――体の方はね」

と、秋乃は付け加えて、「信忍、今どこにいるの？　家？」

「ううん」

「出かけてるの？」

信忍はベッドにかけて、

「ホテル」

と言った。

「え？」

「聡と……。もう聡は先に出て行った。TV局に行くって。あのお芝居がドラマに――」

「信忍！　あんた……。いつから？」

信忍は答えなかった。姉の声を聞くと、急に心細さがつのって、涙が溢《あふ》れて来た。

「信忍！　もしもし！　――聞いてるの？　もしもし……」

気配に気付いたらしい。秋乃は静かに、

「泣いてるの？　――信忍。どこなの、そのホテル。お姉ちゃん、すぐ行くから待ってて。ね？　分った？」

「お姉ちゃん……。私、怖い……」

泣きながら、信忍は言った。

穂波エリは、TV局の中のラウンジへと足早に入って来た。

奥のテーブルで牧野が手を振る。

「——待った？」

「いや、三十分くらいのもんだ。あのマネージャーは？」

「事務所に用があって、行ってるわ」

エリはバッグを空いた椅子《いす》に置いた。

「あの天才劇作家君は、もううちで書かなくても、すっかり話題の人だぜ」

「そうね。想像以上だったわ」

「それで——どうするんだ？　もしかして、本当に惚《ほ》れたのか」

「私が小田島聡に？　まさか」

と、エリはちょっと笑って、「——私が惚れたのは、須藤啓一郎だけよ」

「もう死んでる。幽霊にでも会ったか」

「会いたいわ。幽霊だっていい」

と、エリは真顔で言った。

「そんなに好きだったのか」

「だから許せないの。あの人を死なせた本山が。——苦しめてやる」

「だが、当人は入院してて、あの責任問題もうやむやになりそうだ。それに、女房じゃない女が、本山に付き添って、妻と自称してる」

「TVで見たわ。誰なの？」

「近藤ミキって、バーのママだ。本山と関係があったらしい」

「いい気なもんね」

「本山の女房はあまり外へ出ないで、酒を飲んでるらしい。家の中は暗そうだぜ」

「もっと闇《やみ》にしてやる」

と、エリは言った。「本山だって、自分の娘のことは心配でしょ」

「怖いな。どうするんだ」

「唯一《ゆいいつ》、あの家の明るいニュースは、娘の彼氏が『天才』って騒がれてることでしょ」

「まあ、そうだな」

「大スクープをあげるわ」

と、エリは言って、バッグから古びた雑誌らしい物を取り出した。

「何だ?」

「あの小田島聡の傑作は盗作だった、ってこと」

「何だって?」

エリはテーブルに少し色あせた表紙の本を置いた。

「これは……同人誌か?」

と、牧野はそれを取り上げて、パラパラとめくった。「この、〈夜ふけの庭で〉って奴か?」

「そう。——セリフが所々少し違うけど、ほとんど〈真夜中の庭〉と同じ」

牧野は本の奥付の発行年月日を見た。

「二十年も前だ」

「ね? 大スクープでしょ?」

牧野はエリをまじまじと見て、

「これは……わざと刷らせたんだな? 俺が紹介した印刷所に」

「ええ。たった一部の、特別製の本よ。古く見えるように、わざと表紙も色にむらが出るようにしてあるの」

「——呆《あき》れたな!」

「印刷所の名前もでたらめ。住所もね。でも二十年も前のことだから、とっくに潰《つぶ》れてておかしくない」

「しかし……もしばれたら大変だぞ」

「心配しないで。万が一、私がやったと分っても、あなたの名は出さない。それに、あなたが、その本は匿名《とくめい》の人物から送られて来たんだって言えば、調べようがないでしょ」

「——驚いた」

と、牧野はページをめくって、「いいのか？　あの若い奴の将来も葬《ほうむ》り去ることになるぞ」

「構うもんですか。少なくとも、あの子は生きてる。須藤さんは死んだのよ」

「分ったよ」

牧野はその本を自分のバッグへしまった。「これを出すタイミングは、俺に任せてくれ」

「ええ、いいわ」

と、エリは肯《うなず》いて、「もっともっと、あの子を有頂天にさせてからの方が効果的ね」

「恋人の本山信忍も可哀《かわい》そうに」

「逆だわ。彼女を恋人に持った小田島聡が可哀そうなのよ」

と、エリは言って、「もう行かないと。仕事だわ」

と、立ち上った。

足早にラウンジを出て行くエリの後ろ姿を、牧野は半ば恐ろしい思いで見送ってい
た……。


チャイムが鳴っている。

信忍？　信忍なの？

どうして、自分で鍵《かぎ》をあけて入って来ないの？

——本山久美子は、テーブルに突っ伏して眠っていた。

眠りから覚めるまでに、チャイムは何度鳴ったのだろうか。やっと顔を上げて、

「誰かしら……」

と呟《つぶや》く。

チャイムを鳴らし続けているということは、信忍じゃないということだ。

フラッと立ち上ると、久美子は玄関へと出て行った。

スリッパの音が聞こえたのか、チャイムを鳴らす手は止った。

「どなた――ですか」

と、久美子は声をかけた。

「奥さんですね。神月です」

神月……。久美子は少しの間戸惑っていた。

外の声が、

「ご主人の上司の神月です」

と、付け加えた。

「ああ……。失礼しました」

久美子は急いで玄関へ下りようとして、よろけた。アッと思う間もなく転り落ちる。

「――奥さん？　大丈夫ですか？」

「はい……。少し待って下さい」

久美子は、やっと立ち上るとドアを開けた。

「奥さん――」

「ちょっと転んで……。すみません」

と、顔を赤らめる。

「大丈夫ですか？　ああ、膝《ひざ》から血が出ている。手当した方が……」

「大したことはありません。お上りください。――どうぞ」

と、自分が上ろうとして、久美子はそのまま突っ伏してしまった。

「奥さん！　――奥さん！」

と呼ぶ声は、どんどん遠ざかって行った……。

22　崩れ

タクシーの中で、信忍はずっと姉の手を握りしめていた。

「信忍……」

「大丈夫。もう泣かない」

と、信忍は微笑《ほほえ》んで、「お姉ちゃんと話して、何だか凄《すご》くホッとした」

「もっと早く相談に来れば良かったのに」

と、秋乃は言った。「明日、一緒に行ってあげるから」

「うん」

と、信忍は肯いて、「逃げてても、何も良くならないものね」

「そうね。ともかく今ははっきりさせることだわ」

明日、秋乃のかかっている産婦人科医で、信忍も検査を受けることにしたのである。

「後のことは、結果が分ってから心配しましょ」

「うん」

タクシーが家の近くまで来ると、

「お姉ちゃん。——あれ、うちの前じゃない？」

と、信忍が腰を浮かした。

「救急車だわ。——何かしら？」

タクシーが少し手前で停《とま》ると、秋乃は急いで料金を払った。

先に降りた信忍が駆けて行くと、玄関から担架《たんか》に乗せられて母が運び出されて来た。

「お母さん！」

信忍は青ざめた。「お母さん！」

「君は——信忍君か」

「神月さん！」

と、秋乃がやって来て、「母はどうしたんですか？」

「いや、訪ねて来たら、玄関で転んでしまわれたようでね。どうも頭を打ったんじゃないかな。気を失ってしまわれたんで……」

「すみません、ご迷惑を」

「お姉ちゃん」

と、信忍が言った。「お母さん、お酒飲んでる」

「うん、そうらしいね」

と、神月は言った。「台所に飲みかけのウィスキーのグラスがあった」

「信忍。――あなた、ついて行ってくれる？」

「うん。お姉ちゃんは？」

「後から行くわ。病院が分ったら、連絡して」

「分った」

信忍は救急車に同乗した。

救急車のサイレンが遠ざかり、覗《のぞ》き見ていた近所の人たちも家の中へ戻って行く。

「大変だな、あなたも」

神月は居間へ入って、「本山君は……」

「父のことはよく分りません」

と、秋乃は言った。「近藤ミキという女が……」

「TVで見たよ。——本山君は一体どうしちまったんだ」

と、神月は首を振って言った。

「神月さん」

と、秋乃は言った。「その後、どうなってるんでしょうか。須藤さんの……」

「いや、我々も頭が痛いんですよ」

神月はソファに座ると、「市川君は、どうしてますか」

「苦しんでいます。父のしたことを分っていながら、何もしなかったから……。それに、父が、主人に責任をなすりつけるようなことを言い出して……」

「聞きましたよ。我々は分っているが、何も知らない人には、どっちが正しいか分りませんからね」

「どうしたらいいのか……」

秋乃はソファに身を沈めて、「父はあんな風ですし、母もマスコミに怯《おび》えて、お酒を飲むようになりました。——この家も、もう元には戻らないかも」

「私には何とも言えないが……。ともかく、できることがあれば力になりたい。何でも言って下さい」

「ありがとうございます」

秋乃のケータイが鳴った。「——もしもし。——どこ？　——分ったわ。すぐ行くから」

「妹さんから？」

「母の入院先が決ったそうです。すみません、ご迷惑をかけて」

「いやいや」

神月は立ち上って、「市川君にも、あまり心配するなと言って下さい」

「はい」

秋乃も立ち上って、「あの——神月さん、うちへは何かご用で……」

神月はちょっとの間、秋乃を見ていたが、

「いや、どんな様子か気になって、来てみたんですよ」

と言って、「では、これで」

と、どこか急ぐ様子で出て行った。

秋乃は、母が飲んでいたウィスキーのグラスを流しに持って行って、中身をあけると、グラスに水を入れた。

「——どうしてこんなことになったんだろう」

と、秋乃は呟いた。

神月は、本山の家を出ると、少し離れて停めてあった車へ戻り、運転席に座るとケータイを取り出した。

「——神月です」

と、事務的な口調になり、「今、本山の家から車に戻ったところです。——ええ、本山の女房は酒浸《さけびた》りで。——それが転んで頭を打って、救急車で運ばれました。——そうです」

神月は少しゆったりと座り直して、言った。

「はあ。——そうですな。今のところ、状況は悪くないと思います」

「あ、もしもし」

と、信忍は小声で言った。

「どうしたんだ？」

と、聡は少し不機嫌そうに言った。

「ごめん。どうしてもかけられなくて」

——病院の廊下である。

本当ならケータイを使ってはいけないのだと分っていたが——。

「もう三十分も過ぎてるぞ」

聡と今夜出かけるはずだった。

「ごめん。お母さんが倒れて」

「倒れた？」

「うん……」

「——大丈夫なのか」

「よく分らないの。今、病院にいる」

「じゃ——仕方ないな」

「ごめんね。誰かと行って」

と、信忍は言った。

「一人じゃな……。まあ、今夜は家にいることにするよ」

その言葉は、信忍にとって嬉《うれ》しいものだった。

「聡……」

「うん？」

「あのね、明日——」

と言いかけて、迷った。

「何だよ、『明日』って」

「お母さんのこともあるんで、はっきりしないけどね。——明日、私も病院に行くつもりだったの」

「お前が？　どこか悪いのか」

「そういうわけじゃないけど……」

「でも、どこも悪くなきゃ、行かないだろ」

「あのね、私——」

と言いかけ、廊下に秋乃が出て来るのを見た。「ごめん、切るね！」

——言うべきだったか。

明日、はっきりしてから言おう。でも、本当なら、姉の言うように、

「彼と一緒に行くべきなのよ」

ということなのだろうが……。

「お姉ちゃん」

と、小走りに駆け寄ると、

「お医者さんと話したわ」

と、秋乃は言った。

「何だって、お母さん？」

「よく分らないみたい。頭を打ってはいるけど、内出血とかはないらしい。でも、意識が戻らないんだから……」

「お酒のせい？」

「それもあるかも。──明日でないと詳しい検査ができないそうよ」

「じゃ……どうする？」

「信忍、今夜いられる？」

「お母さんのそばに？　うん、大丈夫」

「じゃ、頼むわ。私、一旦《いったん》家へ帰らないと」

「私、いるから」

「お願いね」

秋乃は信忍の肩を軽くつかんで、「大変なときって、こんな風に続くのね」

「でも──お母さんが本当に寝込んだら、どうなる？」

「そうなってから考えましょ」

秋乃は、腕時計を見て、「あんた、何か食べないと」

「あ……。忘れてた」

「食堂が地下にあるって。カレーでも食べようか」

「うん」

信忍は、やっと少し気持が穏やかになるのを感じた。

——二人で食堂へ行き、ともかくカレーライスが一番早いだろうと、注文した。

これが思いがけずおいしくて、

「何だか……嬉しい」

と、食べながら、どうしてか信忍は涙が出て来てしまった。

「信忍……」

秋乃の胸は痛んだ。

好きな彼とのことで、普通なら頭が一杯でもふしぎじゃないのに。——父親が、母親が、信忍を苦しめている。

「——明日の検査は少し延ばそうか」

と、信忍は言った。

「ああ、そうね。でも、そっちも早い方がいいし。お母さんの具合で決めよう」

「うん」

「私は明日の朝早く来るから」

「大丈夫なの？　無理しない方がいいんじゃない？」

「心配しないで」

秋乃は食べ終えると、「じゃ、何かあったら電話して。夜中でもいいからね」

「分った」

信忍を残して、秋乃は急いで病院を出た。

タクシーに乗って、中から夫へかける。

「——大変だったな」

事情を聞いて、市川は言った。

「連絡できなくて、ごめんなさい」

「いや、僕は大丈夫。まだ会社なんだ」

と、市川は言った。

「帰り、遅いの？」

「そうだな。新しい案件についての打ち合せが、遅い時間でないとできないんだ」

「じゃ、食事は？」

「途中で適当に済ませるよ」

「そうしてくれると助かるわ」

「君は、ともかく体を大事にしてくれ」

「ええ……」

ケータイをバッグにしまうと、秋乃は息をついた。

夜の町が、窓の外を流れて行く。

静かだわ……。

そう思って、ふと気付いた。

ずいぶん静かだった。あの人の周囲。

いつも会社だと、あれこれ人の声や物音がしているのだが……。

そう。いつもと声の感じが違う。——どこにいたんだろう？

市川は、ケータイをポケットに入れると、ガランとしたビルのロビーを見回した。

足音がして、

「やあ」

と、やって来たのは、弁護士の柿沼である。「遅れてすみませんね」

「いや、こっちは別に……」

「女房に知られないように用心しているものでね」

と、柿沼は言った。

「それで――何か分りましたか」

「情報を持ってるという女がいて。ここで待ち合せてるんです」

「どんな女です？」

「例の犯人――管理人の宮井の女だったというんですが……。どこまで信じていいかは、分りませんけど」

市川は肯《うなず》いて、

「ともかく、話を聞いてみましょう」

と言った。

二人は寒々としたロビーで、押し黙って、その女が現われるのを待っていた……。

23　暗示

「病院？」

と、穂波エリは訊《き》き返した。「あの子が病院に行くって？」

「そうらしい」

聡はピザをつまみながら、「お袋さんが入院してるんだ」

「お父さんもでしょ？　大変ね」

と、エリは言って、「ちょっと。――ワイン、飲まない？」

聡は目をパチクリさせて、

「俺はまだ――」

「でも飲めるんでしょ？」

「ビールくらいなら。でも、強くない」

「私だって！　いいわ、グラスで一杯だけ、ちょっとずつ飲めば大丈夫よ」

もう夜十時を過ぎている。――深夜まで開いているレストラン。

「ここは芸能人が沢山来るから、却《かえ》って大丈夫なの」

穂波エリに誘われてやって来た。

高校生がこんなことしてていいのか、とも思うが、聡にとっては刺激的だ。

「――ね、あの彼女。信忍っていったよね」

「うん」

「自分が病院に行くって……。十七でしょ？　もしかして……妊娠したんじゃないの？」

聡の、ピザをつまんだ手が止った。

考えもしなかった。まさか……。

「覚えがない、とは言わないでしょ？」

と、エリは微笑《ほほえ》んで、「正直に言って。私たちの世界じゃ珍しくないわ」

「ああ、しかし……。ちゃんと気を付けてるよ」

「必ず、いつも？」

「ああ、もちろん……」

言いかけて、思い付く。「初めてのとき、あのときだけ……」

「若くて健康な女の子なのよ。一回だけだって充分だわ」

聡は水をガブ飲みして、

「──どうしよう」

と言った。「訊いてみた方がいいかな」

「向うから言って来るわよ」

と、エリは言った。「ごめんね。食欲なくなった？」

「いや……ちょっと……」

エリは笑って、

「真面目《まじめ》ね、あなたって。――ちゃんと食べて。心配してても、状況はよくならない」

それはそうだが……。

聡はワインのグラスが置かれると、手に取って、ぐいと一口飲んだ。

「あら、せめて乾杯してよ」

「ごめん……」

聡は息をついた。

エリは笑って、

「やけ酒飲むにはちょっと早いわよ」

と、からかった。

信忍のことを思って、落ちつかなかった聡だが、ワインの酔いが回り、パスタや魚の料理が出て来ると、もう食欲の方が心を占める。

十七歳の食欲は、レストランのウェイトレスがびっくりするほどだった。

「――あれ」

いつの間にか、聡のケータイにメールが入っていた。「気が付かなかった」

「信忍ちゃんから？」

「うん……」

「何て？」

「いや……。母親の容態は少し落ちついたけど、今夜は病院に泊るって。明日にはお姉さんが代りに来てくれるらしい」

「そう。良かったわね」

聡は、信忍からのメールの最後のところをエリに言わなかった。

〈明日、病院に行くけど、できたら会って話したいの。お願い〉

――そういうことか。そうなのか、やっぱり。

聡は、あのとき、公演前日で不安でたまらないのを、信忍と初めて体を交えることで紛《まぎ》らわしたのだった。しかし、今はもう聡にそんな不安はない。

俺だけのせいじゃない。――そうさ。

あいつだって、分ってて「うん」と言ったんだからな。

「――お腹《なか》一杯」

エリは伸びをして、「太っちゃうな。アイドルとしては困るのよ」

「旨《うま》いものは、つい食べるよな」

と、聡は言った。

酔いが回って、我知らず声が大きくなっている。エリは、聡の手をギュッと握ると、

「ねえ、ダイエットを手伝ってよ」

と言った。

「え？　――どうやって？」

「運動するのよ、二人で。信忍ちゃんで慣れてるでしょ？」

エリはいたずらっぽく笑みを浮かべた。

エリは少し酔うと、目のふちがほんのりと赤くなった。――聡はゾクゾクした。

信忍とは物珍しさが大きかったが、今目の前のエリには激しい欲望を覚えた。

キスだけはしても、それ以上は許さなかったエリだが……。

「僕はいいけど……。大丈夫かな」

「私のマンションがいいわ。用心して裏から入るから」

と、エリは肯いて見せた。

聡の体がカッと熱くなる。――それはワインのせいではなかった。

十七歳の解き放たれた欲望は、とても自分で抑えられるものではなかったのだ……。

アパートへ戻った近藤ミキは、部屋の明りが点《つ》いているのを外から見て、首をかしげた。

「消し忘れたかしら？」

病院の本山悠吉についていると、アパートへ戻るのも、睡眠を取るのも不規則になってしまい、いつも寝不足のような、ボーッとした状態なのである。

部屋の明りを消し忘れるくらいのことはふしぎじゃない。

鍵《かぎ》をあけて、ドアを開けると、

「キャッ！」

と、短い声を上げた。

「そんな声を出さなくてもいいだろう」

男が、部屋で寛《くつろ》いでいた。

「──勝手に入らないで下さいよ」

と、近藤ミキは顔をしかめて、ともかく玄関から上った。

「寒いだろうと思って、部屋を暖めておいてやったぞ」

「ご親切に」

と、ミキはコートを脱いだ。「何かご用ですか？」

「いや……。欲しくないなら持って帰るが」

と、男は封筒を上着の内ポケットから取り出して、ヒラヒラと振って見せた。

ミキの目がとたんに輝く。

「お金？　現金でしょうね」

「小切手だ」

「一度口座に入れないと……。面倒なんですよ」

と、ミキは文句をつけたが、「でも、もちろんいただいときます」

ほとんど引ったくるように封筒を受け取って、中から小切手を取り出す。金額に満足して、

「どうも」

すっかりご機嫌である。

「せめてお茶ぐらいいれてくれないか」

「これは失礼を。すぐに。――お菓子はありませんけど」

ミキはポットのお湯で日本茶をいれ、「どうぞ」

「ああ」

男は、ゆっくりとお茶を飲んで、「どうしてる、本山は」

と言った。

「すっかり私が頼りですよ」

と、ミキは肩をすくめて、「奥さんも倒れたって聞きましたけど」

「うん。まだ様子は分らないが」

「私のせいでしょうね」

「気になるか」

「気にしても仕方ないでしょ」

ミキは小切手を手に取って、「これを受け取っといて、同情してもね」

「金は、仕事の報酬だぞ。ちゃんとやってくれなきゃ払わない」

「分ってますよ。残金もいただきますからね、私は」

ミキはキッとして、相手をにらんだ。

「俺を敵に回さんことだ。これから店を持って、うまくやって行こうと思えば」

「脅《おど》かすんですか？　こんなに従順なのに」

ミキは立ち上ると、「本山はもう役に立たないんですよ」

と言って、スカートを足下に落とした。

「もっと若いのを選べ」

神月は苦笑した。「俺はもう『枯れた』よ」

「枯れた人が、自分のポストに執着しますか？」

ミキは服を手早く脱ぎながら、「だから部屋を暖かくしといたんでしょ？」

「なるほど。——そうなのかな」

神月は、熟《う》れたミキの三十代の体を眺めた。

若いころのように、カッと燃え立っては来ないが、それでも灰の下で蛇の舌のように小さな炎が顔を出し始めていた。

「——どうするんですか？」

と、ミキは言った。「早く決めてくれないと、風邪引いちゃいますよ」

「分った」

神月は立ち上った。「布団《ふとん》に入ろう」

布団一組だが、それは今の場合、却《かえ》って役に立った。いやでも重なり合っていないではいられなかったからである。

汗ばんだ体で息を切らしながら、神月は、

「——いい体だ」

と、ミキの肌を撫《な》でた。「ときどきボーッとしてるな。何を考えてる？」

「そりゃ、色々とね」

ミキは薄い掛け布団を引張り上げて、「私だって、ものくらい考えるんですよ」

「分ってるとも。——でなきゃ、ああうまく本山を操《あやつ》れまい」

ミキは少し体を起すと、

「やめて、あの人のことを悪く言うのは！」

と、きつい口調で言った。

神月をにらむ目は本気だった。

「お前……」

「あの人は私を信じ切ってるの。可哀《かわい》そうになるの、ときどき」

「惚《ほ》れてるのか」

「それはあなたの知ったことじゃないでしょ」

と、ミキは言い返した。「約束は守りますよ。こんなことでもなきゃ、自分で店を持つお金なんて、一生たまるわけがないもの」

「本山への気持とは別、ってわけか」

「どっちが私にとって大切か、選んだだけ。私は別にあの人を恨んじゃいませんからね」

　神月は、じっとミキの顔を眺めていた。

「――何ですか」

「女心は微妙だな」

「いけませんか？　男の方の心は単純ね。誰かに頼らないと生きていけない。自分の椅子《いす》を守るためなら、どんなことでもする」

「俺のポストだけじゃない。警察全体の面子《メンツ》の問題だ」

「面子ね……。私、この稼業《かぎょう》をしていて、学んだのは、嫉妬《しっと》に狂うのは男の方だってこと。特にプライドを傷つけられると、相手を殺しかねないものね。女はやきもちやいても、ちゃんと計算してますよ」

「そうだな、確かに」

と、神月は肯《うなず》いた。「俺だって、もし今のポストを失っても、どう生活が変るわけじゃない、って思いがある」

「そうですか」

「だが、たぶん一番こたえるのは、どこか町でバッタリ古い友人に会ったとき、『今、何してるんだ？』と訊《き》かれて答えられないことだろうな」

ミキは興味深げに神月の顔を眺めて、

「そこが男と女の違うところね。女なら、『相変らずよ』のひと言ですむわ」

「ああ……。女は暮しぶりを訊かれたと思うんだな。男は肩書を訊かれたと思う」

「肩書ね……。本山もそうだったのかしら」

「本山が？」

「あんな――証拠のでっち上げまでして、何を守りたかったんでしょうね」

「あれは……きっと本人は『それが正義だ』と思っていたのさ」

「正義ね……」

「市川のことは何か言ってるか」

「いいえ、名前も出ない。もう忘れてるみたい。――時々心配になるの。あのまま寝たきりで……」

「うまくいくさ」

神月は大きく息をついた。「あの女房には回復してほしいがな」

「本山の奥さん？　アル中だったたって、本当？」

「昔な。誰かによりかかっていないと不安なんだ。昔からそうだ」

神月の口調の微妙な変化に、ミキは気付いた。

「あなた……本山の奥さんと……」

「下らんことを言うな」

急に神月は不機嫌そうになって、「もう帰るよ。シャワーで汗だけ流したい」

「どうぞ。タオルは掛けてあるの、使って」

神月は布団から出ると、欠伸《あくび》しながら風呂場《ふろば》へ入って行った。

ミキは一人布団に残って、

「可哀そうに……」

と呟《つぶや》いた。

それが、本山のことか、本山の妻のことか、あるいは自分のことか、ミキ自身にもよく分っていなかった……。

24　診断

「良かったね！」

と、信忍は声を弾ませた。

「うん、良かった」

秋乃の方が少し涙ぐんでいた。

――母、久美子が朝になって意識を取り戻したのである。

信忍の知らせで駆けつけた秋乃は、母が、

「どうして私がこんな所にいるの？」

と、ふしぎそうにしているのを見て、笑ってしまった。

事情を聞いて、久美子は、

「まあ、そうだったの。大変だったわね」

と、他人事《ひとごと》のような「コメント」しか口にできなかったのだった……。

ともかく二、三日は入院して検査を受けるように言われて、久美子は初めて少し反省した様子で、

「ごめんなさいね、信忍」

と、詫《わ》びた。

信忍は、ここぞとばかり、

「悪いと思ったら、お酒やめてよ！」

と言ってやった。

「分った。もう飲まないわ」

と、久美子はその場で誓った。

――久美子が検査へ車椅子で向うのを見送って、

「信忍」

と、秋乃が言った。

「うん」

「今度はあんたね」

「分ってる」

――秋乃が今通っている産婦人科医の所へ、二人は行くことにした。

「連絡してあるから」

と、秋乃は言った。「叱《しか》られたりしないから。ちゃんと訊かれたことには正直に答えるのよ」

「うん」

母の入院騒ぎで、信忍の中の不安は大分軽くなっていた。

むろん、それでも心配なことに変りはないが。

「――小田島君には？」

「今日会いたい、ってメールしといた」

「でも、用件は言ってないのね」

「はっきりしてからで……」

秋乃もそれ以上は言わなかった。

タクシーの中で、秋乃はじっと信忍の手を握っていてくれた……。


産婦人科の病院としては、むろん入院設備もある立派な大病院だった。

入口で、信忍はちょっと足が止った。

「信忍……」

「みんなに分るよね。私が……」

「何言ってるの」

と、秋乃は笑って、「ここは〈産科〉だけでなく〈婦人科〉もあるの。いくら高校生でも、〈婦人科〉のお世話になることがあるでしょ」

「そうか……」

充分納得したわけではないが、覚悟を決めて、信忍は姉と共に中へ入って行った。

「――私の担当、とてもいい女医さんだから」

と、秋乃は言った。「その先生に診てもらうように頼んであるからね」

信忍は肯いた。

待つ所も小さく分れていて、大勢の目にさらされずに済んで信忍は少しホッとした。

「私、先に診察してもらってくるからね」

と、秋乃は言った。「大してかからないから」

「うん」

——信忍は、姉が診察室へ入って行くと、他に待つ患者もなく、ソファの隅に一人で座っていた。

大丈夫だと思っていたが、やはり診断を目前にすると不安でたまらなくなる。

ついケータイを取り出して、聡からメールが来ていないか見たが、空《むな》しかった。

仕方ない。聡は忙しいのだ。

そう自分へ言い聞かせても、一方で、「病院へ行く」と聞けば察しがつくだろう、とも思ってしまう。

聡の望みに応《こた》えたのだ。その結果を、聡も分かち合ってほしい……。

「あら」

と、声がして、顔を上げると、信忍は目を疑った。

そこに穂波エリが立っていたのである。

「あ……」

「信忍さんじゃない」

と、エリは明るく言った。

「今日は」

他に言いようがなかった。

「どうしたの？　こんな所に？」

と訊かれて、

「いえ……。姉に付き添って来たんです」

と、答えていた。

「あ、そうなの」

と、エリは微笑《ほほえ》んで、「びっくりした。まさかあなたがね……」

「あの……」

「だめよ、まだ。あなた十七でしょ？　聡君に誘惑されても断んなきゃ」

と、エリは少しおどけた調子で言った。「私はもう十九だからね」

「あの……エリさんは……」

「私、ちょっと診てもらうことがあって、ときどき来るの」

「そうですか」

「心配？」

と訊かれて、信忍は戸惑った。

「何のことですか」

「大丈夫。聡君とは、ちゃんと気を付けてるから」

エリは当り前の口調で言って、「もう行かなきゃ」

「エリさん──」

「それじゃ」

エリは足早に行ってしまった。

信忍は呆然《ぼうぜん》として、取り残されていた。

「聡君とは、ちゃんと気を付けてるから」

と、エリが言った、その言葉が、信忍の中で消えないこだまとなっていた。

──エリが病院を出ると、

「エリさん！」

マネージャーの浄美が車から降りて来た。

「あら、早かったのね」

「何してるんですか、こんな目立つ所で！」

「いいじゃない。別に見られてまずいことじゃないわ」

「人が見たら、どう思います？　アイドルが産婦人科から出て来るなんて」

と、マネージャーはエリを車へ押し込んだ。「真直《まっす》ぐTV局ですよ！」


「産みます」

と、信忍が言った。

秋乃は面食らって、

「待って、信忍」

と、あわてて取りなすように言った。「帰って、よく相談しましょう。ね？」

「私、産みます」

信忍は女医を真直ぐに見つめていた。

「よく親ごさんとも話し合ってね」

と、女医は穏やかに言った。

「私の子ですから」

と、信忍は言い張った。「産みます」

「信忍……。ありがとうございました」

と、秋乃は女医に礼を言って、信忍を診察室から連れ出した。

「信忍！　何よ、突然あんなこと！」

「私、産むわ」

「いいから、落ちついて。――ね、後で話そう。お金払ってくるから、ここにいて」

秋乃は急いで会計の方へ行ってしまった。

信忍は、ケータイを取り出した。

メールが入っている。聡からだった。

〈今日、五時まではSテレビにいる。六時ごろ、会おうか。どこにいる？〉

信忍はケータイをバッグへしまうと、姉の戻って来るのを待たずに病院の玄関へと向った……。

聡は、TV局のロビーで、雑誌のインタビューを受けていた。

「いいドラマになると思います」

と、聡は言った。

あの劇をもとにしたTVドラマのことだ。

——このインタビューは一種の「やらせ」の宣伝だった。

「次回作の構想は？」

と訊《き》かれて、

「まだまとまっていませんが、アイデアはいくらでもあります」

「才能ですね」

と、インタビュアーの女性が言った。

お世辞と分っていても悪い気はしない。

そのとき、聡はロビーへ入って来る信忍の姿に気付いた。

「——じゃ、これで」

と、自分から切り上げる。「次の約束がありますので」

「どうも」

インタビュアーとカメラマンが行ってしまうと、信忍がやって来た。

「——ここへ来るなんて、聞いてないぞ」

「来たらまずいの？」

「そうじゃないけど……」

「エリさんと待ち合せ？」

聡はドキッとした。

「何言ってるんだ」

「ね、聡。聞いて」

「ここじゃまずいだろ」

「どこでも同じよ。妊娠したの、私」

聡はあわてて左右を見ると、

「大きな声出すなよ」

と、困ったように言った。「――確かなのか？」

「今、病院に行って来た」

「そうか……」

信忍はじっと聡を見つめ、聡は初めから目をそらしていた。

「最初のときよ。あのときだけは――」

「分ってるよ」

「聡……。エリさんと寝たの？」

と、信忍は身をのり出した。

「何だよ、いきなり」

「答えて」

信忍は、目を伏せてしまった聡を見て、答えを知った。

25 破壊

「成り行きだよ」

小田島聡は、さっきから三回も同じことを言い続けていた。

そして信忍は同じことを訊く。

「エリさんを愛してるの?」

そして、

「もう私とは付合いたくないの?」

問い詰めたところで、いいことはない。そう考えて自制するには、若すぎた。

聡は苛々《いらいら》し始めていた。

「だから言ってるだろ、成り行きだった、って!」

「答えになってないじゃないの!」

つい、信忍の声も高くなる。

TV局のロビーだ。近くで仕事の話をしているグループもいる。

「大きな声、出すなよ」

と、聡は言った。「こんな所で話さなくてもいいだろ」

「ここだっていいじゃないの」

信忍は、しがみつくような思いで言った。

「人に聞かれたら——」

「だから、ちゃんと答えてよ。答えてくれないからでしょ」

信忍の声は震えていた。

「答えりゃいいのか。エリを愛してるよ。それでいいのか」

投げつけるように言った。

涙をためた目で、信忍はじっと聡を見つめている。

「やあ、いたのか」

通りかかったのは、今度聡の劇をTVドラマにするプロデューサーだった。

「あ、どうも……」

「これからシナリオライターに会うんだ。よかったら来ないか」

「ええ、行きます」

と、聡は立ち上って、「じゃ、これで」

信忍にひと言言って、素早く離れた。

「——友だち？」

と、プロデューサーに訊かれて、

「ただのファンです。話を聞きたいって……」

聡の声が遠ざかって行った。

信忍は、涙で曇った視界に空っぽのソファを見ながら、じっと座って動かなかった。

ケータイが鳴っている。

姉の秋乃がかけて来ていることは分っていた。きっと、死ぬほど心配しているだろう。

でも——どうして？　どうして、聡はあんなに冷たいの？

涙が溢《あふ》れて一筋、頰《ほお》を伝い落ちた。

「——何だ、本山君だろ」

と、急に声がして、信忍はびっくりして顔を上げた。

「あ……。週刊誌の」

「牧野だよ」

と、コートを肩にかけたまま、ソファに腰をおろし、「小田島君の例のTVドラマ化の話を取材に来たんだ。どうした。今行ったのは彼だろ？　プロデューサーと一緒に」

「ええ……」

信忍は急いでハンカチを出して涙を拭《ぬぐ》った。

「何だ、喧嘩《けんか》か」

と、牧野はニヤリと笑って、「いいなあ若い者は。年齢《とし》を取ると恋に泣くなんてことはなくなる」

牧野はロビーを見回して、

「どうだ、飯でも一緒に。やけ酒ってわけにゃいかないだろ」

「え……。でも……」

「夜中まで付合えとは言わないよ」

信忍は、ちょっと肩をすくめて、

「いいけど、別に……」

と、返事になっていないような言い方で言った。

「よし、じゃ行こう」

牧野は、立ち上った信忍の肩を大きな手で抱いて、「旨《うま》いものを食って、涙なんか忘れろ。なあ」

信忍は何となく笑ってしまった。

「そうだ。笑ってる方が、君はずっと可愛《かわい》いぞ」

と、牧野は言った。「――ケータイ、鳴ってるんじゃないか？」

秋乃からだ。信忍は電源を切ってしまった。

「いいのか？　彼からじゃないのか」

「違います」

と、信忍は首を振って、「もう――聡はかけて来ません」

信忍はケータイをバッグの中へ落とした。


「もしもし、小田島君？」

と、秋乃は言った。「信忍の姉ですけど」

「ああ……。どうも」

聡は素気ない口調で言った。

「信忍、そっちへ連絡してないかしら。ちょっとどこへ行ったか分らなくて……」

「何もありませんよ」

「そう。じゃ、ごめんなさい。もし、信忍から――」

切れてしまった。

どこか外で話していたのかもしれないが、それにしても妙だった。

秋乃は、ケータイをバッグへしまった。

母の様子を見なくてはならない。――病院へ向いながら、今の小田島聡の話し方を思い出していた。

あの口調は、おそらく信忍から妊娠のことを聞かされているのだ。

信忍は聡に会いに行ったのではないかと秋乃は察していた。電話では話しにくかっただろうし。

しかし、その後、どこへ行ったのか……。

せめて、メールの一つでもあればいいのだが。秋乃はついケータイを取り出しては、メールが入っていないか確かめていた。

――母の入院している病院へ着くと、

「本山さん！」

と、旧姓で呼ばれてびっくりした。

看護師が一人、足早にやって来る。まだ二十二、三の若い人で、母の入院のとき、直接面倒をみてくれた人だ。

「お母様が……」

という言葉に一瞬血の気がひいて、

「母がどうしたんですか？」

「それが……。困っちゃって」

「え？」

どうやら、また具合が悪くなったというわけではないらしい。

病室の前で足を止めると、

「こっちです」

と、看護師が手招きする。

「病室じゃないんですか？」

「あっちの階段の所に――」

階段？　秋乃は看護師の後について行った。

「本山さん！　お嬢さんですよ」

と、看護師が呼びかける。

久美子は、何と冷え切った階段の途中にパジャマ姿で腰をおろしていた。そして、手には缶ビール。そばに空《あ》いた缶が五、六本も転がっている。

「秋乃なの……」

と、もつれる舌で、「あんた、帰らないと旦那《だんな》さんが……」

「お母さん！」

秋乃は立ち尽くしていた。

「近くのコンビニへ、この格好で出かけていって、買って来たみたいなんです。ちょっと忙しくて気付かず……」

「いいえ、申し訳ありません！」

秋乃は久美子の所へ歩み寄ると、「お母さん！　飲まないって言ったでしょ！」

「ビールを一口だけよ……。こんなもん、お酒じゃないわ」

「信忍が可哀《かわい》そうでしょう」

「信忍？――信忍はどこなの？」

「今、家《うち》へ一旦《いったん》戻ってる」

と、秋乃は出まかせを言った。

「そう。もう来なくていいよ、って言っといて」

「お母さん。お母さんがそんな風じゃ、信忍だって安心できないよ」

「大丈夫だって。私はビールなんか飲んでないわよ。これはただ……」

久美子は自分の手にした缶ビールを、今初めて眺めるような表情で見ると、「――これ、誰が持たせたの？」

と言った。

――久美子を病室へ連れ帰ると、ベッドへ寝かせる。

久美子は、

「あんたは早く帰らないと……」

と、秋乃にくり返して、「日那さんが待ってるよ……」

と言いながら、眠ってしまった。

秋乃はため息をついて、

「ご迷惑かけて、すみません」

と、看護師に詫《わ》びた。

「いいえ。じゃ、また後で様子を見に来ますから」

「よろしくお願いします」

お詫びとお礼とお願いと。——それ以外に秋乃の口にできることはなかった。

信忍のケータイへかけてみたが、やはりつながらない。

仕方なく、メールで簡単に事情を説明しておいた。いつ読むだろうか？

「信忍……」

どうしても産む、と言い張ったのはなぜだろう？　あの前には、不安そうで、事実を知るのを怖がっていたのに。

秋乃は、ともかく信忍が病院に来るまで待っていよう、と思った。


「おいしい」

と、信忍は微笑《ほほえ》んだ。

高校生などには縁のない、フランス料理のレストラン。

「何食べてるのか分んないけど、おいしいね」

「物足りないんじゃないのか」

と、牧野はワインを飲みながら言った。

「そんなことない。だって、もう太らないように気をつかってるもの」

「早いな。まだ成長期だろ。ちゃんと食べないと」

「成長期か……。聡もね」

「そうだな」

「でも、もう大人だよ、聡は。天下の穂波エリと寝てるんだもの」

牧野はチラッと店の中を見回し、

「そういう話は小さい声でしろよ」

「ごめんなさい。——私、ワイン、飲んでないのに酔っ払ってるみたい」

「しかし……本当の話か？」

「ちゃんと二人から聞いた。絶対確実！　あ、いけない。週刊誌の人が目の前にいた」

と、信忍は笑った。

「エリがな……。そうか」

「『聡の恋人によると』って書いてね。エリさんは遊び相手に聡を選んだだけ。聡にもその内分る」

信忍が凄《すご》い勢いでパンをちぎって食べ始めた。

「——エリも、素人《しろうと》に手は出さんのだがな」

「聡も、もうスターだもん。私みたいな、パッとしない高校生じゃない」

牧野は信忍の目に涙がたまっているのを見て、

「人生、何があるか分らんぞ」

と言った。「小田島君だってそうだ。このまま順調に行くとは限らない。そんな辛《つら》いときを、君が支えてやるんだ」

「彼が望めば……。でも、もうきっと……」

信忍は言葉を呑《の》み込んだ。

「今は、わけが分らなくなってるのさ」

と、牧野は言った。「その内、目が覚めるよ」

信忍は涙をためた目で、じっと牧野を見ていたが、いきなり手を伸すと、半分ほど残っていたワインのグラスを取って、

「いただきます」

と言うなり、飲み始めた。

牧野は唖然《あぜん》としていたが、

「おい！　よせ、そんなに――」

と止めたときには、もうワイングラスは空になっていた。

「ああ……。おいしい」

「無茶するな」

と、牧野は苦笑して、空のグラスを取り戻した。「酔いつぶれたら、置いてくぞ」

「いいわよ。誰か、親切な男の人に送ってもらう」

と、信忍は顔を真赤にして言った。

「ほら、もう赤くなってる。──大丈夫か？」

「大丈夫じゃなかったら？　どこか、休める所に連れてってくれる？」

「おい……。俺は捕まりたくないよ」

「平気よ。私、もう子供じゃない」

信忍はまた食べ始めた。しかし、少しすると、目が回り始めたらしい。ナイフとフォークを皿に置いて、

「牧野さんの家に連れてってよ……」

と言った。

「君……。君も、あの小田島と、もう……。当然、あったんだな、何か」

「もちろんよ。十七よ、私。もう何回もあったわ」

「舌がもつれてるぞ」

「嘘《うそ》！　ちゃんとしゃべって……るよ」

「濃いコーヒーでも飲め。家へ送ってやるから」

「帰らない」

「どうして？」

「帰りたくない。――誰もいない家になんか」

牧野はちょっとハッとした。

「そうか。――両親は入院中だったな」

「お姉ちゃんには旦那さんがいて、帰ればやさしくしてくれる……。私には誰もいないんだもの」

涙が伝い落ちる信忍の頬を、牧野はあわててナプキンで拭《ぬぐ》うと、

「おい、ここで泣くなよ。俺が泣かせたみたいだろ」

と、困った表情で店の中を見回した。

26 未知の夜

休憩所のソファで、つい居眠りしていた秋乃は、肩を叩《たた》かれてハッと目を覚まし、

「信忍？」

と、顔をあげた。「──あなた」

「どうだ、お義母《かあ》さんの具合は」

「うん……。今、何時？」

「夜中だ。特別に入れてもらった」

市川はソファに並んで座ると、「一旦帰ったらどうだ？　無理すると、体にさわるぞ」

「ええ。でも──信忍がどこに行ったか、分らないの」

「何だって？」

市川は、信忍の妊娠を聞いて、「──そいつは困ったな」

「相手も高校生よ。どっちが悪いって責めても……」

「例の天才劇作家だな？　──あんまり若くして有名になるもんじゃないな」

「何も言って来てない」

と、秋乃はケータイを見て、「ずっと電源を切ってるみたいなの」

「信忍君は、しっかりしてるよ」

と、市川は妻の肩を抱いた。「何なら僕がここで待ってる。君は帰って休め」

「でも……母のことも心配」

母がビールを飲んでいたことを話すと、

「じゃ、気を付けなきゃいけないな」

「そうなの。——見て来なきゃ」

秋乃は立ち上ったとたん、立ちくらみがしてよろけた。

「おい！ 危いぞ」

と、市川があわてて支えると、「どこかで少し横にさせてもらえ」

「ごめんなさい……。急に立つもんじゃないわね」

市川が夜勤の看護師に話すと、空いたベッドへと秋乃を連れて行ってくれた。

「すみません……」

秋乃は横になって、「あなた……。母を見て来てくれる？」

「ああ、ちゃんとそばにいるから」

市川は、秋乃の手を軽く握り、その病室を出た。

本山久美子の病室を教えてもらって、そっと中へ入る。

薄暗い中、久美子が眠っているのを確かめて、市川はそばの椅子《いす》にかけた。

そのとき、ポケットでケータイが鳴り出し、あわてて病室から出て、

「——もしもし」

相手は弁護士の柿沼だった。出ないわけにいかない。

「市川さん？　こんな時間にすみません」

「いえ。何かあったんですか？」

「病院から電話で」

「病院？」

「須藤啓一郎の奥さんです。意識を取り戻したんですよ」

市川は息を呑んだ。

「それは……」

「すぐ行ってみようと思って。どうします？」

市川は一瞬迷った。しかし、柿沼が駆けつけるというのに、自分が行かないわけには……。

「行きます。では先方で」

「よろしく。院長から直接連絡があったんです」

柿沼の方も興奮している様子だった。

市川は、秋乃に話して行こうとしたが、病室へ行ってみると、秋乃はよほど疲れていたのか、眠ってしまっている。

市川はナースステーションの看護師に、秋乃あてのメモを残して、急いでエレベーターへと向った。


ホテルの部屋へ入ると、信忍はフラフラとよろけながらベッドに倒れ込んだ。

「慣れないワインなんか飲むからだ」

と、牧野はドアを閉めて言った。「早く寝ろ。俺は帰る」

「一人にしないでよ！」

と、信忍は手を振り回した。

「じゃ、眠るまで、ここにいてやる」

と、牧野は小さなソファに腰をおろした。

酔ってしまった信忍を、仕方なくビジネスホテルへ運んで来た。

シングルで、小さなベッドが一つあるだけだ。

「苦しい……」

と、信忍は息づかいを荒くして、「ね、服、脱がして」

「勝手に脱げ。――ともかく、俺は子供に興味はない」

「じゃ、脱がしてくれたっていいでしょ」

「全く……」

牧野は渋々《しぶしぶ》立って行って、信忍のスカートを脱がせて、ハンガーに掛けた。

「大丈夫よ」

「何が？」

「私、妊娠しないから。もうしてるんだもの。大丈夫」

牧野はちょっとの間信忍を見ていた。

「あいつの子か。知ってるのか。――そうか。それで今日TV局ではあんなに……」

「分ったとたんに逃げちゃった」

信忍は笑って、「TVドラマみたい。言われなくて良かった。『本当に俺の子か』って」

「よく聞くんだ。君はまだ十七だ。先はこれからずっと長い。奴《やつ》のせいで、悔むようなことはするな。――運が悪かっただけさ。いずれ、傷は治る」

「詳しいのね。経験あるの？　でも妊娠したわけじゃないよね」

「当り前だ」

「結構真面目《まじめ》なんだ」

「そうじゃない。子供に興味がないだけだ」

と、牧野はくり返した。

「そうか……。じゃ、十年たったら、抱いてくれる？」

「そっちが忘れてるさ」

「聡のことも？　そうかな……。きっと、向うは忘れてるね、私のこと。一杯恋人作って。そうだ。劇作家だもんね。女優が何人も寄って来て……。『先生』とか言われて……」

大きく息をついて、信忍は寝返りを打った。

そして——ストンと落ちるように、眠ってしまった。

牧野は小さなソファに戻って、しばらく信忍を眺めていた。

ポケットでケータイが鳴った。穂波エリからだ。

「もしもし」

「まだ起きてるわよね」

と、エリは言った。

牧野は信忍を見ていたが、目を覚ます気配はなかった。

「ああ」

「ね、小田島聡の恋人の女の子、知ってるでしょ」

「知ってる」

「小田島が困ってたわ。子供ができたって言われて」

「――エリ。本当にやるのか」

「何を？」

「例の件だ。仕返しも、度が過ぎると良くない。君が傷つくぞ」

「あら、意外なこと言うわね。気が咎《とが》めるの？」

「そんなところだ」

「あなたらしくないわ」

エリは笑って、「約束でしょ。約束は守ってよ」

と、真剣な口調で言った。

「分った」

「あなたにとっても、損はないでしょ」

「うん」

「私と小田島のことも書いていいわよ」

と、エリは平然と言った。

秋乃は、ふっと目を開けて、
「あ……。寝ちゃった」
と呟《つぶや》いた。
そうだった。立ちくらみがして、ここへ寝かせてもらった。
ゆっくり起き上ると、大分気分は楽になっていた。
ベッドを出て、そっとその病室を出ると、母の病室へと歩いて行った。
夫がいたら、帰らせよう。明日も仕事がある。
静かに病室のドアを開けて、中へ入ると、秋乃は戸惑った。
市川がいないのはともかく、ベッドに母の姿もない。
どこへ行ったんだろう？
秋乃はナースステーションへ行ってみた。
看護師が一人もいない。
キョロキョロと見回して待つ内、五分ほどして、一人が戻って来た。
「あの、本山久美子は……」
と、秋乃は言った。
「ああ、ご主人、出かけるとおっしゃって」

「主人が？」

「このメモを」

手渡されたメモを読んで、秋乃は、

「あの……母はどこに」

と言った。

「え？　いらっしゃいませんか？」

「ベッドが空で」

「おかしいですね。――トイレかしら。見て来ます」

そのとき、ナースコールが鳴った。

「私が行ってみます」

秋乃は急いでトイレに向った。

だがトイレは空で、念のためもう一度病室を覗《のぞ》いたが、やはり戻っていない。

こんな時間に、どこへ……。

「まさか」

と、秋乃は呟いた。

またコンビニへ行って、缶ビールでも買っているのかもしれない、と思ったのである。

看護師はまたいなくなっていた。秋乃はともかく行ってみることにした。

正面からは出られない。夜間通用口から裏手に出て、表に回った。

風が冷たかった。

小さなコンビニだが、二十四時間オープンなので、客は数人入っている。母の姿はなく、秋乃は少しホッとした。

しかしそうなると、母、久美子はどこへ行ったのか。

病院へ戻ってみたが、やはり母はいなかった。

「——おかしいですね」

看護師も心配そうで、「捜してみましょう。人手がないんですが……」

そうしている間にも、ナースコールが二度も三度も鳴る。夜勤の人数が少ないのだろう。

「私が捜します。大丈夫です」

と、秋乃は言った。

「そうですか。すみません。何かあれば、呼んで下さい」

「はい」

秋乃は、母がビールを飲んでいた階段を覗いたり、一階の自動販売機のコーナーを見たりして、捜し回った。

しかし、久美子は見付からなかった。

「お母さん……」

秋乃は疲れて廊下の長椅子に座り込んでしまった……。

27 夢の中

市川が、須藤由利子の入院先へ着いたのは、もう深夜である。

「やあ、どうも」

院長が自《みずか》ら出迎えてくれた。

「わざわざお知らせいただいて」

と、市川は礼を述べた。

「いや、私としても、あの奥さんの意識が戻ったのは嬉《うれ》しくてね」

と、院長は言った。「ちょうど今夜は私が泊り込んでいましたので」

「そうでしたか。――あの、柿沼さんは？」

「あの弁護士さんですね。まだみえていませんが」

「そうですか。でも、じきにやって来るでしょう」

市川はちょっと腕時計を見て、「私一人で話してもいいでしょうか。また眠ってしまうことも……」

「その可能性もないとは言えませんが……。ともかく入って下さい」

市川が病院内へ入ったところで、ケータイが鳴った。

「柿沼さんだ。――もしもし。――あ、今着いたところですが。――え？」

「申し訳ありません」

と、柿沼は言った。「ちょっと家を出られなくなってしまって」

「はあ。――そうですか」

「すみませんが、市川さんが一人で――」

「ええ、もちろん構いません」

と、市川は言った。「後で様子をご連絡しますよ」

「はあ。どうぞよろしく」

「では」

「どうも、申し訳ありません……」

と、柿沼はくり返した。

市川はケータイの電源を一旦《いったん》切ると、

「では――」

と、院長の方へ言った。

しかし――大丈夫だろうか？

病室へ近付くにつれ、市川は不安な気持を抑えられなくなって来た。

柿沼が一緒なら。――柿沼は弁護士だったのだ。しかし、市川はあくまで刑事としてしか、須藤由利子と会っていない。

由利子にしてみれば、夫を死へ追いやった側の人間である。そのことが、由利子の心をまた不安定にさせないだろうか……。

だが、もう迷っている余裕はなかった。

「こちらです」

院長が病室のドアを開けたのである。

「これでいいのか」

柿沼は置いた受話器に手をかけたまま、言った。

柿沼は妻の由子の方を振り返って、

「これでいいんだろう」

と言った。

「——何よ」

由子は、じっと険《けわ》しい目で夫を見ていた。「私が何か、あなたをひどい目にあわせたみたいなこと言って」

「俺は……自分のやるべきことをやろうとしただけだ」

「じゃ、今から行けば？」

由子の言葉は張りつめていた。「あなたが帰って来るまでに、私はこの家から出て行く」

柿沼は深く息を吐いて、

「どうして、そういうことになるんだ」

と言った。

「分ってるじゃないの。散々話し合って、納得したでしょう、あなただって」

「ああ……」

「卑怯《ひきょう》だわ！　今になって、私に隠れてこっそりと……」

「由子──」

「あの奥さんが可哀《かわい》そうだから？　私は？　私や梓は可哀そうじゃないの？　放っておかれて、生活だって、いつもぎりぎりで──」

「もう分った！」

と、柿沼は遮《さえぎ》った。「俺は行かない。もう須藤の件から手を引く。それで満足だろう」

由子は涙をためた目で、じっと夫を見ていた。

「私のために、やめるって言うの？　私はあなたのために言って来たのに」

由子の声は震えていた。「私は見ていられなかったのよ。あなたが、くたびれ切って帰って来て、ひげもそらずにまた出て行ったりするのが。それでいて、食べていくのもやっとの収入しかない。あのままだったら、あなたは今ごろどうなってた？　とっくに体を悪くして入院してるわ」

柿沼はソファに身を任せて、じっと空を見つめていた。

「あなたは、私がただぜいたくをしたいから事務所を移らせたと思ってるのね。──そりゃあ、少しは楽な暮しがしたかった。たまには家族で旅行できるくらいの生活はしたいと思ったわ。それがいけないこと？」

柿沼は立ち上った。

「もう寝る」

「あなた……」

「もう寝るよ」

と、くり返して、「由子。お前には感謝してる。あの苦しい生活をじっと我慢してくれた。俺だって――お前や梓に少しはいい暮しをさせてやりたかった。だから今の事務所に移ったことは後悔していない。本当だ。しかし、須藤さんのことは、俺にも責任がある。須藤さんは――もう生き返っちゃ来ないんだ」

柿沼は居間を出ようとして、

「起きてたのか」

梓が、こわばった顔で立っていたのである……。


「奥さん。――須藤さん」

と、市川はそっと呼びかけた。

須藤由利子は、ゆっくりと頭をめぐらして、市川を見た。目が合うと、市川はつい目を伏せてしまった。

「どなた様……でしたかしら」

と、由利子は少しかすれた声で言った。

「私は市川といいます」

「はあ。——市川さん？　ごめんなさい。まだぼんやりしてるんです。何だか……とても長いこと眠ってたような気分で……」

「どうぞ、無理しないで下さい」

市川はそっと椅子《いす》にかけると、「私は——ご主人のことを存じあげていたので……」

刑事だった、と言うつもりなのに、その言葉は出て来なかった。

「そうですか」

と、由利子は小さく肯《うなず》いた。

「あの……たぶん、お考えになるのは辛《つら》いだろうと思うんですが……」

と言いかけて、市川は口ごもった。

すると、由利子はちょっと目を見開いて、

「ああ。——刑事さんじゃありません？」

と言った。

市川は一瞬、立ち上って逃げ出したい思いにかられた。しかし、市川を見ている由利子の目は穏やかだ。

市川は覚悟を決めて、

「実はそうです。憶《おぼ》えておいででしたか」

と言った。

「ええ……。市川さん。そう、市川さんとおっしゃったわね」

由利子は自分に納得させるようにくり返して、「もう一人の方……。何ておっしゃったかしら」

「本山……ですか」

「ええ、そう、本山さん。あの方はとても感じが悪かったけど、市川さんはそんなこと、ありませんでした。私には礼儀正しくて」

そんなことを言われるとは思ってもいなかった。市川は、話を進めるのが、ますます辛くなって来た。

「いや、そんなお言葉をいただく資格はありません」

と、市川は言った。

額に汗が光っていた。

「それで――奥さんに、伺いたいことがありまして」

「また取調べですの？」

由利子は、何だか少しおどけてさえいるような調子で言った。

「いえ、そういうことでは……。私はもう警察を辞めました。民間の信用調査機関に勤めています」

「まあ、そうですか。――ずいぶんたつんですわね、あの時から」

「あの時――とおっしゃると？」

「主人が逮捕された日です。あれは悪い夢だったような気がします……」

「夢なら……良かったのですが」

「そうだわ。――夢といえば、私、ずっと眠っている間に、とっても恐ろしい夢を見ましたの。怖くて、夢の中で何度も叫んでいました」

「それは――どんな夢だったんですか」

由利子は、ちょっと眉《まゆ》を寄せて、辛そうな表情になる。市川は急いで、

「無理に話していただかなくても」

と言った。

「構いませんわ。いくら恐ろしくても、夢なんですもの」

と、由利子は市川の方へ顔を向けて、「主人の死刑が執行されたっていう夢なんで

す。私は、いくら何でも、こんなにすぐなんてあり得ない、って言い返すんですけど、知らせてくれた人は『本当だ』と言い張って……。私、大勢の人に囲まれて、どこへ行っていいか分らなくて……。怖い夢でした」

市川は言葉が出なかった。

「市川さん。――そういえば、息子の慎一はどうしていますか」

「ああ……。慎一君ですか。元気ですよ。そのはずです」

と、市川は言った。「確か、高校の先生の所にいると思いますが……」

「そうですか。――母親の私が、こんな風じゃね。病院に来るのは面倒がるでしょうから、私は大丈夫だと伝えて下さいませんか」

「分りました」

「すみませんね」

「いえ、それくらいのこと。必ず伝えます」

と、市川は言った。「奥さん、その夢のことですが……」

「あの人はやってないんです。幼い女の子なんか殺していません。やってもいないことで死刑になったら……。いくら何でも、日本でそんなひどいことは起りませんよね」

「奥さん。しかし、なぜご主人は――」

「私、弁護士さんと相談していたんです。主人の気を変えさせることは、きっとできるって。いくらあの人が頑固でも」

「そうですね」

「ねえ、あの人を黙って死なせたりしたら……。私は後を追いますわ。あの人を救えなかった責任がありますもの」

と言って、由利子はホッと息をつき、「良かったわ、本当に。あれが夢で……」

由利子は、ふと気付いたように、

「市川さん。私に何のご用でいらしたんですの？」

と訊《き》いた。

市川は立ち上って、

「お疲れになるといけない。また伺います」

と一礼して、「失礼しました」

これ以上、由利子のそばにはいられなかった。

ともかく、病院から少しでも遠ざかりたかった。

十分近くも、夜ふけの道を歩いただろうか。

少し息を弾ませて、市川は国道が近くを通っていたのを思い出し、大体の見当で歩き出した。

刑事をしていたおかげで、方向感覚はいい。国道に出て、タクシーを拾った。

自宅へ戻ろうと思ったが、すぐに秋乃の母が入院していたことを思い出した。

病院への道を指示してからケータイの電源を入れた。——秋乃から何度かかかっている。

秋乃へかけると、すぐに出た。

「すまん、急に出かけなくちゃいけなくて——」

と言いかけると、

「そんなことといいの。母がいなくなったのよ!」

「いなくなった?」

「今、看護師さんも近くを捜して下さってるけど……」

市川は、自分が本山久美子のそばを離れてしまったからだと思うと焦《あせ》った。

「今、そっちへ向ってるから」

とだけ言って切った。「——まずかったな」

しかし、秋乃を起すのも可哀そうだったし……。今は仕方ない。早く戻って、自分も捜そう。

柿沼に、今の須藤由利子の話を伝えておこうかと思った。しかし、ケータイのメールなどで伝えられることではない。

それにもう深夜だ。明日にしよう。

市川は重苦しい気持で、眠りの中に沈んだ町をタクシーの中から眺めていた。

――須藤由利子に、どう真実を話せばいいのだろう。

由利子は、夫の死を受け容《い》れたくないのだ。無理に納得させようとすれば、また病状が悪化するかもしれない……。

由利子は今、夢の中を漂っているのだ。

どうしたらいいのか。――市川は途方に暮れていた。

28　罪の名前

妙に喉《のど》の渇く朝だった。

「空気が乾燥してるせいか……」

と、自分で自分に説明しながら、神月は起き出して、台所でミネラルウォーターを飲んだ。

「何時だ……」

時計を見ると、午前六時。——冬の朝ではまだ外は暗い。

「もうひと眠りするぞ」

神月は、ひとり言を言うのがくせになっていた。

居間を抜けて、寝室へ行こうとしたとき、居間の電話が鳴り出して、神月は飛び上るほどびっくりした。

「こんな時間に……」

と、文句が口をついて出たが、電話が鳴り続けると妻が目を覚ます。

仕事の連絡か？——仕方なく、神月は受話器を取った。

「もしもし。——どなた？」

向うは少しの間黙っていた。

いたずらか？ 神月が口を開きかけたとき、

「もしもし……」

と、どこか力のない女の声がした。

「どなたですか？」

と訊くと、向うは少しホッとした様子で、

「神月さんね」

「ええ……。あなたは？」

「分らない？　もう忘れたのね、あんな昔のこと」

神月はチラッと居間の入口の方を見た。

妻が起き出して来る気配はない。

「本山さんの奥さんですね」

と、少し声をひそめた。

「ええ。――嬉《うれ》しいわ。憶えてて下さって」

「奥さん。この間会ったばかりでしょ。あのとき倒れて――。今、どこです？」

「お宅のそばです」

「うちの？」

「ええ、ちゃんと憶えてたんですよ。そこの電話番号もね」

「奥さん……。黙って出て来たんですか、病院から」

「ええ……。だって、もう私、良くなることなんかないんですもの」

「しかし、心配してますよ、お子さんたちが」

「いいえ……。こんな酒飲みの、だらしのない母親なんか、いなくなりゃせいせいしますよ……」

「奥さん。酔ってるんですか?」

「コンビニは開いてますものね……。だから体は暖かいんです。大丈夫」

神月は、少し考えて、

「ともかく、外にいちゃ凍えますよ。うちに来られても困るし」

と言った。「どこなんですか、そこは?」

「公園の前の電話ボックス」

「ああ、この近くの? 分りました。すぐ行きますから、そこにいて下さい」

「迎えに来て下さる? ありがとう」

と、久美子は言った。

電話を切ると、神月は急いで出かける仕度をした。

外は寒いだろう。——車を出すことにする。

急いだので、十五分ほど後には公園の前に車を寄せた。

電話ボックスは空だ。周囲を見回しても、久美子の姿は見えない。

「奥さん。——奥さん!」

と呼ぶと、息が白く流れて行く。

公園の中に入ってみると、ベンチにポツンと座っている久美子が目に入った。

「そんな所で……。凍えますよ」

と、神月は言った。「車があるから、ともかく乗って」

促されて、初めて久美子は神月に気付いた様子。

「ああ……。本当に来てくれたの」

「もちろん。さ、立って」

腕を取って立たせると、車まで半ば支えるようにして連れて行く。

「さあ……。後ろにゆっくり乗って下さい」

「ありがとう……。優しいのね」

久美子は後部座席にぐったりと身を沈めた。

運転席に戻った神月は、

「病院へ戻らないと、娘さんたちが心配してますよ」

と言った。

「やめて。――やめて、病院だけは」

と、久美子は身をのり出すようにして言った。

「しかし……」

「病院に連れて行くのなら、車を降りる」

「分りましたよ。じゃ、どこへ？」

「どこでもいい。——あなたの好きな所で」

神月は振り返って、

「奥さん……。昔のことを持ち出さないで下さいよ」

「だって、あったことはあったことよ。そうでしょ？」

「一度だけだ。それもほんの一時間……」

「でも、あったのよ！——そうでしょう？」

「まあね……。分りました。じゃ、少し遠くへ行きましょう」

神月はエンジンをかけた。

「——遠くへ？」

「ええ、時間がかかる。眠っていてもいいですよ」

「ありがとう……」

久美子は座席に横になった。

車が静かに走り出すと、

「主人が逃げ出したのも当り前ね」

と久美子は言った。「こんな女房じゃ……。ねえ、神月さん」

「何です？」

「私のせいかもしれないわ」

「何のことですか」

「あの人が、須藤さんの証拠をでっち上げたこと……。主人はもともと須藤さんのようなタイプの人が嫌いだったの……」

「知っています」

「でも、私は好きだった。あの人が怒るのを承知で、私はＴＶに出てる須藤さんを熱心に見てた……」

「そうですか」

「だから、ますますあの人は須藤さんを憎むように……。でも、あんなことになるなんて……」

「仕事は仕事ですよ。個人の感情とは切り離して考えなきゃ。本山君だって、ベテランだ。そんなことぐらいで、判断したりしませんよ」

少し行って、赤信号で停《とま》ると、神月はもう一度振り向いた。

久美子はぐっすりと眠り込んでいた。

神月は車を郊外へと向けた。


「信忍！」

秋乃は、病室のドアが開いて、信忍が立っているのを見て、パッと立ち上っていた。

「――ごめん」

信忍は中へ入って来ると、「ちょっと――お酒飲んで」

「もう……。心配させないで」

と秋乃はため息をついた。

「お母さんは？」

信忍はベッドが空なのを見て、「検査か何か？」

「お母さん、いなくなっちゃったのよ」

「いなくなった？」

信忍は啞然《あぜん》とした。

「ゆうべずっと付近を捜したんだけど……」

「お姉ちゃん……。何も知らなかった。ごめんね」

「信忍……。座って」

秋乃は信忍を椅子《いす》にかけさせると、「昨日小田島君に会ったのね?」

「うん……」

信忍は目を伏せた。

「話したの?」

「言ったよ、もちろん」

「小田島君、何て?」

信忍は首を振って、

「何も。——もう、私のことなんか、どうでもいいのよ。穂波エリと恋人同士なんだから」

「まあ……。じゃ、信忍——」

「うん。——私だって分ってる」

信忍は目を潤《うる》ませて、「手術……受ける」

秋乃は妹の手に自分の手を重ねた。

「辛《つら》いね。でも、まだ若いんだから、あんたは。大丈夫。立ち直れるわよ」

「うん」

信忍は肯《うなず》いた。「でも——お母さん、どこに行ったんだろうね？」

「見当もつかない。心配なのは、やけになって、とんでもないことしなきゃいいけど、ってこと」

「それって……」

「ともかく心配してるだけじゃね」

「お姉ちゃん……。少し寝ないと。疲れた顔してる」

「そう？　ほとんど寝てないしね」

「帰って寝なよ。私、ずっと寝てたから、大丈夫」

「そう？」

「赤ちゃん、いるんだし、お腹《なか》に」

と言ってから、信忍は、「私もか」

と付け加えて笑った。

帰宅した秋乃は、服を着たままで、ベッドに倒れ込んでしまった。

市川は会社へ行っている。

秋乃は深い眠りに落ちて、夜まで覚めなかった。

「え？」

起き上って、部屋の中が暗いのでびっくりした。

ああ……。まだ半分眠っている状態。

ふと気付くと、どこかでケータイが鳴っている。どこだろう？

捜し回って、ベッドの下に落ちているのをやっと見付けた。

「どうしてこんな所に？」

首をかしげるしかない。

着信記録を見て、かけてみる。

「——神月です」

「市川秋乃です。すみません。出られなくって」

「ああ、いや……。お母さんのことで」

「母のこと？」

「ゆうべ電話があってね。何だか言うことが混乱してるようで」

「すみません！　何時ごろでしょうか？」

秋乃は事情を説明して、「どこにいるか、言ってましたか」

「いや、何も。どこかへ行くとか言っていたがね」

「どこかって……」

「当人も分ってない様子だった。つまり……家出かなと思ったんだが」

「本当に……。どうしよう！」

少し間があって、

「秋乃君。実はちょっと一つ気になる知らせが入っててね」

「何でしょう？」

「いや、全く関係ないかもしれないんだがね……」

神月の、言いにくそうな気配に、秋乃は不安をかき立てられた。

29　昏睡《こんすい》

「全くの偶然でした」

少しボーッとした感じの大学生は、頭をかきながら言った。「大学のレポートに必要でね。湖のほとりにテント張って泊ってたんです」

秋乃は話を聞きながら、体が震えそうで、固く手を握り合せていた。

「ところが、あんまり寒くて、目が覚めちゃいましてね」

と、大学生は照れたように、「外へ出て、体操してたんですよ。そしたら、ザーッて音がして、見ると誰かが転り落ちて来て、湖へドボン、と……。びっくりして仲間を起し、そっちへ駆けて行ったんです。――幸い、落ちた所が浅くて、僕らもズボンが濡《ぬ》れたくらいで助け出せたので……。ハクション！」

「あの……お風邪召さないで下さいね」

と、秋乃は言った。「本当にありがとうございました。母が命拾いして……」

「まあ……でも、まだ意識が戻らないとか」

「はい。ともかく生きていてくれただけでも……。改めてお礼に伺います」

「いえ、もう……。お気づかいなく」

大学生は何度も頭を下げて、「じゃ、テントに戻りますんで」

と、病院から出て行った。

「――お姉ちゃん」

入れ違いに、信忍がやって来た。

「来たの。お母さん、大丈夫よ」

「でも、どうして飛び込んだり……」

「分らないわ。それに、こんな山の中まで、どうやって来たのかしら」

「意識は？」

「まだ。――信忍、ここにいられる？」

「うん」

「あっちの病院にも連絡しなきゃいけないし……。私、一旦《いったん》帰って、また来るからね」

「分った。――でも、お姉ちゃん、ここまで遠いし、無理しない方がいいよ。お腹の赤ちゃんに何かあると大変」

「――ありがと」

秋乃は信忍の頭をちょっと撫《な》でると、「やさしくなったね、あんた」

「やめてよ。子供じゃないんだから」

と、信忍がむくれて見せた……。

秋乃は、お金はかかるがタクシーで帰宅することにした。

確かに、信忍の言うように、この病院へ毎日通うとなったら大変だ。

それだけではない。秋乃には気になっていることがあった。

母が飛び込んだとしても、なぜこんな遠くまで来て……。いかにも不自然な気がした。

タクシーの中から、秋乃はケータイで神月へかけた。

「──やあ、どうかね、お母さんは」

神月には、一度連絡を入れてある。

「ありがとうございます。それが、見付けてくれた大学生の方たちに、すぐ病院へ運んでもらったおかげで、心配したほど危くないってことでした」

神月は、ちょっと間を置いて、

「そう。──いや、それは良かった」

と言った。「意識は戻ったのかな?」

「まだです。でも、そう時間はかからないだろうと言われました」

「そうか。君のお母さんも、なかなか運の強い人だね」

と、神月は笑って言った……。

──何だか変だ。

湖に身を投げた女性がいる、という情報を教えてくれたのは神月だ。

しかし、駆けつけた秋乃が、母は一命を取り止めたと連絡したとき、なぜか神月はびっくりした様子だったのである。

何かわけがありそうな気がする。

秋乃は夫に連絡を入れた。

「——そうか。じゃ、すぐに危いってことはないんだな」

「まあ、良くはないから、どうなるか分らないけど」

「うん。しかし、取りあえず安心した」

「ね、あなた」

「何だ？」

「何だか——神月さんのこと、信じられないの」

「何のことだ？」

秋乃は事情を説明して、

「私、神月さんが母を湖へ連れてったんじゃないかと思う」

「おい、秋乃——」

「とんでもないことかしら？」

市川はしばらく黙っていた。

「——あなた、聞こえる？」

「ああ」

「もちろん、証拠があって言ってるわけじゃないけど」

「いや、僕も『そんなはずはない』って言いたいがね。——必ずしもそうは言えない。そうだろ？　証拠をでっち上げるのだって、少しも変らない」

「じゃ、本当に——」

「当ってみる。もちろん、神月さん本人にというわけじゃなくて、誰か、その辺の空気を知ってる人間にね」

「そう言ってくれて、ホッとしたわ」

と、秋乃は微笑《ほほえ》んだ。「じゃ、これから一旦戻るから」

「君は休め。僕がその病院へ行くよ」

「でも——」

「お義母《かあ》さんが姿を消したのは、僕が見ていなかったせいもある。それくらいはやれるから」

「ありがとう、あなた……」

「ともかく、君は大切な体なんだ。それを忘れないでくれ」

市川の言葉には、いつになく思いを込めたものが感じられた。

「あなた……。どうかしたの？」

「どうして？」

と、市川はちょっと笑って、「いつも、僕はやさしくないか?」

「そんなことないけど……。じゃ、お願いするわ。信忍も休ませたいし。あの子にとっても、これから大変だから」

と、秋乃は言った。

夫との通話を終えて、秋乃はタクシーの窓から暗く続く夜を眺めた。

何だか——この闇《やみ》はいつまでも続くような気がする。

そんなことを考えた自分が恐ろしくて、秋乃はゾッとした……。


「信忍!」

電車の中で呼ばれて、信忍は振り向いた。

「妙子。——おはよう」

まだ、それほど車内は混んでいない。

クラスメイトの川崎妙子はそばへやって来ると、

「風邪、もう大丈夫なの?」

と訊《き》いた。

「うん。もうすっかり」

　と、信忍は肯《うなず》いた。

「なら良かった。入院したって？」

「ちょっと高熱が続いてね。大事を取って。それに今、うちは誰もいないし」

「あ、そうか。お母さんも入院してんだよね」

「まだ当分ね」

「じゃ、ずっと一人なの？」

「ときどき、お姉ちゃんが泊りに来てくれてるけど、お姉ちゃんもお腹《なか》に赤ちゃんがいるから……」

「大変だね！」

「重なるんだよね、こういうことって」

「大人みたいなこと言ってる！」

　と、妙子は笑った。

「大人みたいか……。本当だね」

　信忍は、一週間学校を休んで、中絶手術を受けたのだ。

　それは辛《つら》いことだったが、同時に信忍を一回り「大人」にもした。

「授業のノート、見せてね」

「いいよ。でも、私の字、読める？」

「何とか解読する」

「言ったな！」

二人は笑った。

駅に着いて、ドッと客が入って来る。

二人は何とか隙間《すきま》を見付けて潜り込んだ。

「——信忍」

妙子の声が、少しおかしかった。

「どうしたの？」

「あれ見て」

「え？」

「週刊誌の広告——」

体をねじらないと見えない。何とか向きを変えて、信忍は週刊誌の中吊《なかづ》り広告へ目をやった。

いきなり、〈小田島聡〉の名前が目に飛び込んで来る。また穂波エリとのスキャンダル？

しかし、すぐに信忍は愕然《がくぜん》として息を呑《の》んだ。

〈天才劇作家の傑作は盗作だった！　――小田島聡・一七歳の虚像〉

何よ、あれ？　――嘘《うそ》でしょ！

「――信忍、知ってた？」

「まさか！　でたらめよ、あんなの」

と、信忍は言っていた。

「あれ、みんな見てるよ、きっと」

と、妙子は言った。「TVのワイドショーとかでもやるかな」

やるに決ってる。――聡と穂波エリの仲については、どのTV局も大騒ぎしたのだ。

こんな記事が載ったら、見逃すはずがない。

「〈週刊S〉？　――嘘だ！」

信忍はやっと気付いた。

その記事を載せているのは、あの牧野のいる〈週刊S〉なのだ。

「どういうこと……」

信忍は、降りる駅まで待っていられなかった。それどころじゃない。

途中駅で降りようとしたが、客がひしめき合う中を進むのは容易でなく、一週間休んでいたせいもあって、めまいがして来た。

「信忍！　大丈夫？」

「降りられない……」

「もうすぐだよ。あそこなら大勢降りるから」

「うん……」

やっと、降りる駅に着いた。永遠のように長くかかった気がした。

乗り換え駅でもあるので、降りる客が多い。信忍はホームに出ると、

「週刊誌買わなきゃ」

「ホームは無理だよ。駅の出口の売店で。ね？」

確かに、一斉に階段へ向う人の流れに逆らって行くのは大変だ。

信忍はさらに辛抱して、やっと駅の改札口を出ると、売店へ飛んで行った。

〈週刊S〉を買うと、聡の記事のタイトルは表紙にも刷ってある。

「妙子、ごめん。先に学校に行ってて」

「でも――」

「お願い」

「分った。でも、信忍もちゃんと来てよ」

「うん、行くから、絶対」

「じゃ、先に行くよ」

妙子がバスへと駆け出して行った。

信忍は〈週刊S〉を手に、売店のかげに入って、ページを開いた。

その記事は、トップ扱いになっていた。

「そんな……。嘘だ」

読みながら、信忍は呟《つぶや》いていた。

〈週刊S〉を閉じると、ケータイを取り出して、牧野へかけた。

少しかかったが、牧野が出た。

「信忍君か」

と、牧野は言った。「かけて来ると思ったよ」

「どういうことですか!」

と、信忍は問い詰めるように言った。「聡のこと、応援してくれてたじゃないですか。それなのに――」

「いや、僕もよく分らないんだ」

「でも――」

「僕にとってもショックでね。記事を読んだかい？」

「ええ。でも、あんなの嘘！」

「どういうことなのか、僕にも分らないんだよ」

と、牧野はくり返して、「小田島君と話した？」

「まだです」

「僕からは連絡取りにくくてね。もし話せたら、反論があれば、ちゃんと載せるから、と伝えてくれ」

「牧野さん――」

「ごめん、約束があってね。出かけなきゃ。またね」

「待って！」

しかし、切れてしまった。

信忍は、しばらく立ち尽くしていた。

聡のことは、もう愛していないつもりだった。どうなろうと知るもんか、と思っていた……。

しかし、この記事が聡をどんな状況に追いこむか、想像しただけで怖い。

信忍は、じっとしていられなかった。

「聡……」

ケータイへかけてみたが、出ない。当然だろう。

信忍は迷ったが、聡がどこにいるのか見当もつかない。ともかく、一週間休んだ後で、今日は登校しないわけにはいかなかった……。

信忍は〈週刊S〉を鞄《かばん》へ押し込むと、バス停に向って駆け出した。

30　孤立

「あら」

TVドラマを収録しているスタジオで、穂波エリは休憩時間に、牧野と出くわした。

「やあ」

と、牧野は言った。「見当つけて来たんだ。居所を教えてくれないんでね」

「今は騒がれたくないから」

エリはチラッと周囲を見て、「こっちへ来て」

と、牧野を促した。

控室の一つを覗《のぞ》くと、誰もいなかった。

「──ここで」

と、エリは中へ入って、椅子《いす》を引くと、腰をおろした。

「休憩か。マネージャーは？」

「用で外出してる」

エリは置かれていたウーロン茶の缶を開けて、一口飲んだ。「──ありがとう。約束守ってくれて」

「気は進まないがね」

「小田島君は？」

「何度か電話して来たが……。会っても話せない。逃げてるよ」

「TV局も騒いでるわね」

「これから何日かは大変だ」

「これでいいの」

と、エリは静かに言った。「あの子……。本山の娘は？」

「うん。心配してた。──君と小田島のことを知っても、こうなると彼の身を心配してるんだ」

「物好きね」

エリはケータイの電源を入れた。「――十回以上かかってる。彼から」

言ったとたん、ケータイが鳴り出した。

「彼だわ。――もしもし」

「君……」

「ドラマの収録で、ケータイ切っとかなきゃいけなかったの。ごめんなさいね」

「そうか。――そうだな」

「何だか、色々話は聞いたけど、記事は読んでないの」

「でたらめなんだ！　僕は盗作なんかしてないよ！」

聡の声は震えていた。

「私もそう思うわ。でも、今は会えない。分るでしょ？　TV局が私の所にも――」

「お願いだ！　行く所がないんだよ。学校にだって行けないし、家だって……」

「聡君……。私だって、何とかしてあげたいけど……」

エリは牧野を見た。「じゃ、私のマンションに。ね、これから人に頼んで部屋の鍵《かぎ》を持って行ってもらう」

「――いいの？」

「部屋の中までは来ないわよ。でも、用心して。窓に近付かないで。外から見られてるかも」

「分った。ありがとう」

「今、どこにいるの？」

——牧野は、エリの「演技」を、恐ろしいような思いで聞いていた。

エリは通話を切ると、

「牧野さん。『おつかい』を頼まれてね」

と言った。

「俺が行くのか？　勘弁してくれよ」

と、ため息をつく。

「だめよ。あなたは私の共犯者。そうでしょ？」

エリの言葉に、牧野は苦笑するばかりだった……。


「すまん！　忘れ物をした」

柿沼は足を止めて、部下に言った。「先に裁判所へ行っててくれ。すぐ後から行く」

「待ってましょうか」

「いや、先に行って、打ち合せの段取りをしておいてくれ」

「分りました」

部下がタクシーを拾って行ってしまうと、柿沼はすぐ目の前の喫茶店に入って行った。

「——やあ」

奥の席で市川が手を上げた。

「どうも……。時間が取れなくて」

柿沼は言いにくそうにして、「——コーヒーを。それで、須藤さんの奥さんは……」

「ええ。メールでお知らせした通りで」

と、市川は言った。「その後も二度行きましたが、やはりまだ眠ったまま半日以上起きなかったり、という状態です」

「そうですか……」

「困ってるんです」

と、市川は首を振って、「一つは、むろん奥さんに本当のことをいつ告げるか」

「ショックでしょうからね」

「院長さんとも相談しましたが、そのショックで、それこそ永久に自分の内に閉じこもってしまうことも……」

「そんなことが……。私は伺えなくて、申し訳ない」

と、柿沼は頭を下げた。

「いや、事情は分っています」

「家内の気持も分るんです。しかし、だからといって須藤さんの死に対する責任は……」

柿沼は、コーヒーが来ると、早々と飲み干した。「今も時間がなくて。——それで新しい問題というのは？」

「手短かに言います」

と、市川は少し声をひそめて、「義母《はは》のことです」

「本山久美子さんですね」

「山の湖へ身を投げたということになっているんですが……。どうも、警察の神月さんが突き落としたんじゃないかと」

「神月？　あなたの上司だった人ですね」

「警察にしてみれば、本山のせいで非難を浴びている。マスコミは、当人や家族が自殺すると追及が甘くなる」

「それを狙《ねら》って？」

「神月さんは明らかに僕を避けています」

「しかし……ひどい話だ！」

柿沼は呆《あき》れた。

「神月さんを責める資格はないと思えて。——柿沼さんに、当ってほしいんです。真相はどうだったか」

「しかし……どうやって」

柿沼は考え込んでしまったが、「——あ、すみません！　法廷へ行かないと」

「どうぞ。また連絡します」

「申し訳ありません」

柿沼はあわただしく出て行った。

市川は、深くため息をつくと、自分の冷めたコーヒーを飲んだ。

やはり柿沼には期待できない。

自分がやるしかないのか。——だが、かつての上司に、「人を突き落としたのか」とは訊《き》けない。

いや、訊いたところで正直に認めるわけもないだろう。

神月としても焦《あせ》っていることは間違いない。

久美子が意識を取り戻さないままでも、生きている限りは、いつ自分のしたことが明るみに出るか分らない。

それに、久美子が自殺を図った、というニュースは、ほとんど流れなかった。意識が戻ったとき、マスコミの注目をひいては困るからだ。

ケータイが鳴った。秋乃からだ。

「──もしもし」

「あなた、今、仕事中？」

「外だ。ちょっと一息ついてる。どうした？」

「信忍のことで」

「信忍君がどうかしたのか」

「週刊誌の記事で……」

「週刊誌？」

秋乃の話を聞いて、市川は眉《まゆ》をひそめた。

「それはショックだな。しかし盗作なんて……」

「ねえ。まさかと思うんだけど。──ともかく信忍の所にもマスコミが来ると思うの。うちへ泊めてもいい？」

「ああ、もちろんだよ。今日は早く帰れると思う。信忍君を慰めてやれよ」

「あの子、手術受けて、やっと立ち直ったところなのに……」

「ああ、そうだったな」

——あの十七歳の少女が、辛《つら》い現実に耐えていることを思うと、市川は胸が痛んだ。

「あら、電話が。——ちょっと待ってね」

「うん、大丈夫だ」

市川は、待っている間に、コーヒーをもう一杯頼んだ。熱いコーヒーが飲みたい。

少しして、

「あなた……」

「どうした？」

秋乃の声が沈んでいた。

「今、病院から……」

「お義母《かあ》さんか」

と訊いた。

「父よ」

「本山さんが？」

「さっき──死んだって」

市川は愕然《がくぜん》とした。

「しかし、具合が悪いなんて……」

「何か事情がありそう。病院へ行くわ」

「僕もすぐ行く」

と言いかけて、ふと、「ちょっと寄る所がある。先に行ってくれ」

「信忍に連絡して、向うで待ってる」

「うん。頼む」

市川はケータイをポケットへ入れると、「コーヒーはもういい！　払うから、そっちで飲んでくれ」

と、立ち上った。


「──お父さんが？」

信忍は玄関で立ちすくんだ。

ちょうど秋乃がケータイで連絡しようとしたとき、信忍がやって来たのだ。

「着替えるから、待って」

と、秋乃は言って、「——信忍。どうする？　ここにいてもいいわよ」

「行くよ」

と、信忍は言った。「鞄《かばん》、置かせて」

「上って、待ってて」

秋乃が寝室へと急ぐ。

信忍は居間へ入って、ソファにぐったりと身を委《ゆだ》ねた。

父の死。——実感がない。

今の信忍には、聡のことの方が気になっていた……。


「本当か」

神月は思わず訊き返した。「本山が死んだのか」

「ええ」

近藤ミキが言った。電話の声は、全く表情がなかった。

「そうか。——今、どこだ？」

「まだ病院。でも、じきに家族が来るでしょう。私、ここにいたくない」

「しかし、いなくなればあれこれ臆測《おくそく》が飛ぶぞ。その近くにいろ」

「分りました……。でも、神月さん」

「ああ、何だ？」

「私の仕事は済んだんですね」

「そうだな。——ご苦労だった。なあ、ミキ、これからのことをゆっくり相談しよう」

「私はお金さえいただければ……」

「それは分ってる。ともかく、今夜連絡する」

神月は受話器を置いて、ホッと息をついた。そして——目の前に立っている市川に気付いた。

「神月さん」

「お前か」

「今の、『ミキ』というのは、近藤ミキのことですね」

市川の視線は厳しかった。

31 喪失

乾いて、冷たい風が吹く日だった。

昼間で、よく晴れているのに、信忍にはまるで真夜中のように感じられた。

「──変だね」

告別式が始まるのを待っている間に、信忍は姉に言った。「あんなにしつこく追い回してたのに、私たちを。──お父さんが死んだら何も言わない」

「信忍」

と、秋乃は妹の手をそっと握って、「そういう人たちのことは考えないの。もう忘れましょう」

「うん……。でも……」

信忍は、父のカラー写真の笑顔を見上げると、「お父さん、あんな風に笑ったことなんか、あった?」

「そうね……」

秋乃も写真を見上げて、「うちじゃ、ずいぶん長いこと、笑わなかったかも」

告別式の写真を、と言われて、秋乃が選んだのは、父が同僚たちと温泉に行ったときのものだった。

家族との写真なんて、ずいぶん長いこと撮っていなかった……。

市川が黒いスーツでやって来た。

「遅れてすまん」

「仕事、大丈夫なの？」

「ああ。着替えに戻ったら手間取った」

市川は信忍の肩に手をかけて、「いつでもうちに来ていいんだよ」

と言った。

「はい……」

信忍は肯《うなず》いた。

アッという間に失ってしまった。——何もかも。

父は死に、母はまだ眠り続けている。

そして小田島聡は……。姿を消して、連絡もとれない。

信忍の所にも、何人か、聡のことで取材にやって来た。むろん「何も知りません」

としか言わなかったが。

しかし、それも「父の死」がブレーキをかけたのか、それきりパタッと途絶えた。

ありがたくはあったが、信忍は聡のために、あの〈盗作〉という記事はでたらめだ、と主張してもやりたかった……。

TVでは、〈盗作〉の証拠として、今はもう発行されていない古い同人誌が紹介されていた。そこに、聡の書いた劇とそっくりの戯曲が載っていたのだ。

しかし、信忍は聡がどんなに悩み、考えてあの劇の台本を書いていたか知っている。古い戯曲を「盗む」なんてこと、するわけがない。

でも、あれが〈盗作〉だというのは、すでにマスコミでは「事実」として語られていた……。

信忍はハッとした。

告別式の会場にやって来る牧野の姿を見たのである。

「お姉ちゃん――。ごめん、すぐ戻る」

信忍はもう立ち上っていた。

「信忍――」

牧野の方も、すぐに信忍に気付いた。

二人は外へ出た。

「マスコミがいる。こっちだ」

牧野は信忍を促して、斎場の建物の脇《わき》へ回った。足を止めると、

「俺もマスコミだったな。――それも性質《たち》の悪い」

と、自分で苦笑する。「大変だったな。大丈夫か」

「心配してくれるの？」

「ああ。君は純情だ」

「やめてよ。――この間、手術して来た」

「そうか」

「聡のこと、何か分った？」

「君も知らないのか」

「連絡つかないの。それに……お父さんのこともあって、それどころじゃなかった」

牧野は信忍を見ていられなかった。

「――どこでも袋叩《ふくろだた》きだな。TVドラマの話も、もちろん白紙だ」

「聡……可哀《かわい》そう」

「家には帰ってないらしい。あとは……」

「穂波エリ？」

「たぶんな。——なあ、いいか。もう忘れろ。小田島のことだって、今さらどうにもならない」

信忍は、聞こえなかったかのように、

「おかしいよね。あんな古い同人誌なんて、聡が知ってるわけない。何かあるのよ。もっと調べて。ねえ！」

牧野は遠くへ目をやって、

「もう……終ったんだ。親父《おやじ》さんも死んで、例の証拠のでっち上げも、うやむやで終る。新しい生活を始めろよ」

信忍は、きっとなって牧野を見た。

「そんなのおかしい！　本当のことが分るまで追及するのが仕事でしょ」

「おい、俺はしがない週刊誌の記者だぜ。ニューヨーク・タイムズじゃないんだ」

「証拠のでっち上げ……。ね、あの同人誌は？　あれも『でっち上げ』かもしれない。誰かが作ったのかも」

「なあ——」

「いいよ。私が調べてみせる。聡のこと、このまま埋れさせない」

「まだあいつが好きなのか」

「好きだとしても……関係ない。振られただけじゃ、惨《みじ》めじゃない。聡のために、本当のこと探り出して、それから別れてやる」

信忍は力強く言って、「戻らなきゃ。――それじゃ」

信忍は行きかけて、ふと振り向くと、

「この間――ありがとう」

「何だ？」

「ホテルで、私のこと、抱かないでいてくれたでしょ。――嬉《うれ》しかった」

牧野は何とも言えなかった。

信忍が駆けて行くのを、ただ見送っているばかりだったのである。


焼香の列は途切れずに続いた。

信忍は、自分で焼香するとき、不意に涙が出て困った。悲しいという気持はなかったけれど、それでも泣いたのだった……。

家族というのは、こんなものなのかもしれない。

刑事仲間が大勢やって来た。中には信忍の知っている顔もあった。

「――あなた」

と、秋乃がそっと夫へ、「神月さんは？」

「来るもんか」

と、市川は言った。「来られやしない」

信忍も、姉と市川の会話で、父の上司だった神月が、父の死と何か係《かかわ》っているらしいと感じていたが、姉とゆっくり話す時間がなかった。

牧野と話をしたことで、信忍はある覚悟ができた。どこか晴れ晴れとした気分でさえあった……。

「――どうも」

焼香の済んだ客が、信忍たちに一礼して行く。

そして――信忍は焼香を待つ列の中に、一人どこか目立つ女性を見た。

黒のスーツで、他の人と違うわけでもないのだが、色白な顔と、静かに、厳《おごそ》かですらある表情が、どこか周囲から際立《きわだ》って見えたのだ。

「あの女の人……」

と、信忍が呟《つぶや》くと、市川が、

「誰だい？」

と、小声で言った。

「誰かな、と思って。——ほら、今三番目に待ってる人」

市川が目をそっちへ向けると——一瞬、凍りつくのが分った。

「まさか……」

市川が呟いた。

「あなた。——どうしたの？」

と、秋乃が言った。

市川が真青になっているので、びっくりしたのだ。

「須藤さんの——奥さんだ」

と、市川が呆然《ぼうぜん》として、「どうしてだ……。なぜここに……」

「あなた、須藤さんの、って……。須藤啓一郎さんの？」

「入院しているはずなのに……」

信忍は、外でマスコミが動き出しているのに気付いた。何人かが中を覗《のぞ》き込んでいる。

「須藤由利子じゃないか」

という声がした。

むろん、その声も届いていたはずだが、当人は全く表情も変えずに、礼儀正しく焼香して合掌した。

何となく――他の客たちの動きが止った。

由利子は顔を上げ、本山の写真を見上げていた。――夫を死へ追いやった男の写真を。

しかし、その目は憎しみも怒りも感じさせなかった。

そして、信忍たちの方へ向くと、しっかりした足どりでやって来た……。

信忍は息詰るような思いで、固く拳《こぶし》を握りしめていた。すると、秋乃が立ち上り、

「奥様」

と言った。「申し訳ありません」

信忍は、姉がコンクリートの床に膝《ひざ》をつき、両手をついて、

「父がご主人を殺したんです。申し訳ありません」

と、頭を下げるのを見て、体が震えた。

人一人の命を奪うことの重さを、信忍はその姉の姿で初めて知った気がした。

「秋乃」

市川が身をかがめ、「悪いのは僕の方だ。――奥さん」

「市川さん」

と、由利子は穏やかに言った。「知っていました、私。ただ——あなたに謝ってほしくなかったんです」

「奥さん……」

「本当にその責任を負うべき人に謝ってほしかった」

と、由利子は本山の写真へ目をやった。

「いや……。分っていて、目をつぶってしまった私にも罪はあります」

「そう言って下さるだけで充分です。——まして、娘さんに……。立って下さい。さあ」

と、秋乃の腕を取って立たせると、「ありがとう。主人も喜んでいるでしょう」

秋乃は黙って頭を下げた。

「お体を大切に」

と、由利子は言った。「おめでたなんでしょ？」

「はあ……」

「その子が、今より少しでもいい時代に生きられるといいですね」

由利子は市川へ、「落ちつかれたら、改めてお目にかかりましょう」

と言うと、

「失礼しました」

と、しっかりした足どりで立ち去った。

信忍はその後ろ姿に、どこか触れ難い厳しさを感じた。

由利子が表に出ると、報道陣が取り囲むだろう。——信忍は気になって、思わず後を追った。

表へ出てみると、由利子の周囲に、TVカメラや記者は集まっていたが、誰も声をかけられずにいた。

由利子は足どりを緩めることなく、斎場から出て行くと、待っていた車の中に姿を消した。

信忍が席に戻ると、

「どうだった？」

と、秋乃が訊《き》いた。

「うん。黙って、そのまま……」

「そう」

秋乃が肯いた。

告別式の終りの時間が、近付いていた。

32 汚名

「そうですね」

と、穂波エリは笑顔で言った。「私も来年は二十歳ですから、しっかり大人にならないといけないな、と思います」

我ながら、何を言っているのやらよく分らないが、どうせこんなインタビュー、適当にまとめてしまうのだ。

「大人になるってことは、恋も、ってことですよね」

インタビュアーの女性が言った。

エリの傍《そば》では、マネージャーの安西浄美が気が気でない様子で、控えている。

エリが、インタビューでしばしば「アイドルらしからぬ」発言をするのを、よく知っているからだ。また、インタビューする方も、それを狙《ねら》っている。

「そうですね。恋はもちろんしたいです。若いんですもの、当然でしょ」

「恋といえば、今話題になってる小田島聡さんとは――」

「その話はしない約束です」

と、素早く浄美が割って入った。「これで打ち切って下さい」

「だって、まだ十分しか――」

「ちゃんと申し上げたはずですよ。事前の約束を守って下さらなければ、その時点で打ち切ると」

「いいじゃないですか、少しくらい」

と、インタビュアーも必死だ。「私だって、その件でひと言聞かせてもらえないと、仕事にならないんです」

雑誌のインタビューだが、インタビュアーはたいていフリーのライターがつとめる。記事になる話が聞けないと、次の仕事が回って来ないのである。

「お約束ですから」

浄美は頑《がん》として譲らない。「エリさん、行きましょ」

「待って下さいよ！　それじゃひどいじゃないですか」

――エリは、こんなときには一切口を出さない。

個人的には、弱い立場のライターに同情するが、浄美が何とかエリを守ろうとしているのを、邪魔することはできない。

TV局のロビー。もともと、インタビューの時間は二十分しかない。

「じゃ、もうそのことには触れませんから、あと二、三質問させて下さいよ」

浄美は少し迷ったが、

「――分りました。でも、時間はあと五分ですよ」

と、厳しい表情で言った。

「それじゃ……」

インタビュアーが忙しくメモをめくる。

そのときだった。

廊下をバタバタと駆ける足音がして、

「おい！　ワイドショーに割り込ませろ！」

と、誰かが怒鳴った。「小田島聡の件で、新事実だ！」

エリは立ち上った。

「エリさん――」

「何のこと、今の？」

「さあ……」

「スタジオ、どこ？」

「そんな！　エリさんが入って行ったりしたら大変ですよ！」

と、浄美はあわてて止めた。

「TVモニターは？」

「たぶん、その奥に……」

エリは浄美など無視して、ロビーの奥に置かれたTVの前に行った。

CMが終ると、女性キャスターが、

「たった今、新たな情報が入って来ました」

と、メモを見ながら言った。「このところ度々《たびたび》お伝えしている、小田島聡さんの盗作疑惑で新事実です」

画面に、聡の写真と、あの劇〈真夜中の庭〉のチラシが出た。

「この〈真夜中の庭〉について、実は二十年前の同人誌に掲載された〈夜ふけの庭で〉の盗作であるという指摘があったのです。ところが、今回新たに発覚したのは
——」

キャスターの手に、数冊の文芸誌があった。

「この同人誌に掲載されている他の作品を調べたところ、つい二、三年前の文芸誌からそのまま転載されていることが分ったのです」

エリの顔から血の気がひいた。

「二十年前に発行されたはずの同人誌に、最近の作品がそっくりそのまま載っている。これはどういうことでしょうか」

と、キャスターは続けた。「この二十年前の同人誌は実は偽物《にせもの》で、小田島さんの作品を盗作と思わせるために、誰かが故意に作ったものとしか思えません！」

スタジオの中も騒然としている。

「小田島さんの盗作疑惑は、根も葉もない作りごとだったことになります。小田島さんは潔白だったのです」

エリは唇をかんだ。

「——エリさん」

「今日は帰るわ」

「でも、この後も……」

「具合が悪いって言っといて」

エリは駆け出した。

「待って！　エリさん！」

浄美はあわてて後を追った。

エリは、浄美を振り切って、タクシー乗場へ出ると、客待ちの空車へ飛び込むように乗った。

タクシーが走り出すと、エリは息を弾ませながらケータイを取り出し、電源を切った。

浄美がしつこくかけて来るに決っているからだ。

それにしても……。

あの同人誌は一冊しかない。あの中の他の作品に目を止める人間がいるとは、思ってもみなかった。

むろん、調べたところで誰があれを作らせたかは分らないだろうが、これで再び小田島が「天才」扱いされることになる。

「もう少し遅かったら……」

聡はかなり参っていた。

そう……。エリには、他に手が残っていない。

――タクシーでマンションに着く。

自分の部屋へ入ると、TVの音声が聞こえて来た。凄《すご》いヴォリュームでかけている。

リビングへ入ると、聡がTVの前に座って、ワイドショーを見ている。

むろん、あの同人誌の話題だ。

しばらくして、聡はやっとエリに気付いた。

「帰ってたの！」

聡の声は弾んでいた。「ね、今ワイドショーで――」

「見たわ」

「僕は嘘《うそ》ついてなかったろ？　――良かった！　見ろ！」

聡は今にも踊り出しそうだった。

「おめでとう」

「うん。――辛《つら》かったな、本当に」

聡は涙ぐんで、「学校の友だちまで……。あんなひどいこと言いやがって！」

「信忍ちゃんも喜んでるわ」

聡はチラッとエリを見て、

「もう――あいつは関係ないよ」

と言った。「そうだろ？」

「そうね」

エリは微笑《ほほえ》んだ。「これで、堂々と人前へ出て行けるわ」

「うん。ホッとしたよ」

聡は肯《うなず》いて、「――でも、誰があんなことしたんだろ？　僕を恨んでる奴《やつ》って……。見当つかないな」

「あら……」

玄関のチャイムが鳴ったのである。「浄美さんかな」

玄関へ出て、ドアを開ける。

「――いたのか」

「牧野さん……。上って。聡もいるわ」

牧野がリビングへ入ると、

「見た？　僕の方が正しかったんだ！」

と、聡が得意げに言った。

「ああ。おめでとう。うちも訂正記事を載せるだろう」

「あんな手間のかかること、誰がやったんだろ？　――エリがいてくれたから、僕は何とか耐えて来られたんだ」

牧野はエリを見た。

エリは視線が合うと、

「あなたね！」

といった。「余計な真似《まね》を!」

聡は当惑して、

「どうしたの? 何の話?」

と、二人を眺めた。

「黙って見ていられなかった」

と、牧野は言った。「約束とはいえ、あれはやり過ぎだ」

聡はしばらくエリと牧野を交互に見ていたが、

「——まさか」

と、立ちすくんだ。「エリ……。君が?」

「ええ、そうよ。この牧野さんも承知してたわ」

聡はよろけるようにソファに身を沈めて、

「どういうことだい?」

「おめでたい人ね!」

と、エリは笑った。「私が須藤啓一郎さんを愛してたこと、知らなかったの?」

「須藤って……あの、死刑になった……」

聡はただ呆然《ぼうぜん》としているばかり。

「エリは、信忍君を傷つけるために、君を利用したんだよ」

と、牧野は言った。

「信忍を？」

「信忍君の父親への仕返しだ。信忍君の家が崩壊するのを見たかったんだよ」

「そんな……。僕に何の関係が？」

「あの子が幸せそうにしてるのが許せなかったのよ！　無実の人間を死刑にして、平気でいる父親も、恋に夢中になってる娘も、もっと苦しまなきゃ！」

聡は立ち上った。

「エリ……。僕をかくまって、愛してくれたんじゃないの？」

「あんたが絶望して、人を信じられなくなっていくのを、そばで見ていたかっただけよ。――愛なんて！　子供のくせに！」

青ざめた聡は、ただ立ち尽くしていた。

「もうよせ」

と、牧野はエリの肩を叩《たた》いて、「充分傷つけただろ」

エリは黙って肩をすくめると、リビングから出て行った。

「――小田島君。ここを出よう。一緒にＴＶ局へ行って、ちゃんと勝ったと言おうじやないか」

と、牧野は言った。「エリのことは、腹が立つだろうが――」

「信忍は？」

と、聡は言った。「あいつ……。僕の子を……」

「知ってる」

「じゃ――」

「信忍君は、手術を受けたそうだ」

「手術……」

「君のことを心配してたよ。あの子はいい子だ。本当に君のことを心配してる」

聡はリビングの中を歩き回った。

「――さあ、行こう」

牧野がもう一度促すと、聡は肯いて、

「待ってて下さい。仕度《したく》します」

と、出て行った。

エリがリビングへ戻って来ると、

「裏切ったわね」

「君のことは言わない。同人誌について、TV局へ知らせたのも、匿名《とくめい》だ。——エリ。こんなことをしていたら、君自身がだめになるばかりだ。須藤だって、君にそんなことを望まなかったと思うよ」

「分ったようなこと、言わないで」

エリはリビングのベランダ側のガラス戸の前に立って、表を眺めた。

「——じゃ、行きましょう」

聡がリビングを覗《のぞ》いた。「エリ……。世話になって、ありがとう」

エリは背を向けたまま、黙っていた。

牧野と二人、マンションを出ると、聡は、

「先に、信忍に会いたい」

と言った。

「よし。たぶん信忍君は姉さんの所だ。そっちへ回ろう」

牧野はタクシーを停めた。

車が走り出すと、牧野のケータイが鳴った。

「牧野さん？　信忍です」

「やあ。良かったね」

「あれ、牧野さんが？」

「それより、君の知り合いがここにいる」

牧野がケータイを渡すと、聡は口ごもりながら、

「元気か？」

と言った。

「——聡？」

「ごめんな、信忍。俺……」

「おめでとう！　信じてたよ」

「ありがとう」

聡の顔に、やっと笑みが浮んだ。

33　傷あと

校門の前の道の向うに聡の姿を見付けて、信忍はちょっと戸惑った。

聡が気付いて手を振る。

「ほら、行きなよ」

川崎妙子が信忍の背中を押した。

「じゃ、妙子。また明日」

「いいから、早く！」

信忍は小走りに道を渡った。

「今日は早いな」

「どうしたの、聡？　TV局の人と打合せだって……」

「歩こう。——な、腹減ってんだ。ラーメン、食べないか？」

「いいわよ、もちろん」

と、信忍はつい笑ってしまった。

足早に歩きながら、

「TVドラマ化の話は断って来た」

と、聡は言った。

「え？　どうして！」

「あの盗作騒ぎがあったとき、TV局の連中はてのひら返したように冷たくなった。それが今度はまたニヤニヤ笑って寄って来る。——やっぱり、あんな風に扱われるには、俺なんか十年早いよ」

「聡……」

「これからも劇書いて、十年やって、プロだって自信がついたら……。もっとも、そのときにゃ、TVドラマにしようなんて物好き、いないかもしれないけどな」

と、聡は肩をすくめて、「使い捨てにされる人間にはなりたくないんだ」

信忍は、聡の手をギュッと握りしめた。

「――何だ。どうして泣いてんだ」

「泣いてない」

と、信忍は頰を落ちる涙を拭《ぬぐ》おうともせず、「涙が勝手に出てくるの」

聡は笑って、

「変な奴《やつ》だな」

「うん。その私のこと好きな聡も変な奴だ」

「そうだな」

――信忍は、聡があの辛《つら》い経験をして、大人になった、と思ったのだ。私の辛い体験も、役に立ったんだ。彼のために。

そう思ったら、胸が迫って涙が溢《あふ》れて来たのである。

「いい加減に泣きやめよ。ラーメンが塩味になっちまう」

「ひどいこと言って！」

と、信忍は聡の背中を思い切り叩いた。

「いてて……」

「——あ」

信忍は足を止めた。

歩道に立って、信忍に向って会釈《えしゃく》したのは、近藤ミキだったのだ。

「学校の帰りに、ここを通るだろうと思って……」

「何のご用ですか」

と、信忍は表情を固くして、「父は死んだし、母はずっと意識不明のままです」

「お話ししたいことがあるの」

と、ミキは言った。「お姉さんの所へ、一緒に行ってくれないかしら」

ミキは、ずいぶん変って見えた。穏やかになり、化粧も地味になっている。

「今、お姉さんの所に？」

「ええ……。姉は妊娠してるんです。あんまり興奮させたくないんですけど」

「よく分ってます」

と、ミキは肯《うなず》いて、「私は今夜の飛行機で東京を離れます。その前にお詫《わ》びしておきたくて」

信忍は聡と顔を見合せた……。

秋乃が出したお茶を、ミキは黙って飲んだ。

秋乃はソファに腰をおろすと、

「それじゃ、初めから神月さんの指示で？」

と言った。

「私にお店が持てるだけのお金を出すと言ってくれました。私は水商売にも疲れていて……」

ミキは息をついて、「この先、どう頑張っても、そんなお金が貯《た》まる可能性はありませんでした。——神月の話に乗って、あなたのお父さんにお酒を飲ませ、酔い潰《つぶ》れたのをアパートに……」

「じゃ……父と同居したのも？」

「はい。もちろん、発作で倒れるなんて、思ってもいませんでしたけど」

秋乃は、じっとミキの顔を見つめていたが、

「でも、なぜ神月さんはそんなことを……」

と言った。「あなたに言いましたか」

「初めのときには何も言いません。でも、その後、何度か会って話す内に、ポツポツと話し始めました。――要するに、あの証拠の捏造《ねつぞう》で、責任問題が上に及ぶのを心配していたんです」

「それが……」

「本山さん一人の責任にしておきたかったんでしょう。でも、須藤さんは処刑されてしまっていたので、マスコミも黙っていない。それを防ぐには、誰かが死ぬしかない、と……」

「死ぬ？」

「つまり、自分の罪を悔んで自殺する、というのが一番いい筋書でした。自殺してしまえば、日本のマスコミはとたんに遠慮するから、と……」

「そんな……」

と、信忍は呟《つぶや》いたが、現実に、父の死で急にマスコミは寄って来なくなった。

「でも、本山さんはご自分の責任とは思っておられませんでした。神月もそれは分っていて、だから私に本山さんを誘惑しろと……。奥さんが以前アルコール中毒になりかけたことを知っていて、本山さんより、奥さんが自殺するかもしれないと考えたようです」

「母がお酒を飲んだこと――どうして神月さんは知ってたのかしら」

「私、神月の話で、たぶん奥さんと神月の間に、以前何かあったのだと思いました」

秋乃が息を呑《の》んで、

「母と神月さんが？」

「神月の話し方で、そう感じました」

「でも――神月さんの狙《ねら》いは外れたわけですね」

「たまたま本山さんが倒れて入院し、神月はホッとしていました。私に、しつこいくらい、本山さんの病状を訊《き》いて来ました」

「死ぬのを待ってたんだ」

と、信忍が呟くように言った。

「母のこと――母が湖に身を投げたという話、あれは……」

「直接聞いていませんが、たぶん神月がやったことではないでしょうか。――私、神月との一部始終は、神月の上司の何人かに呼び出されて話して来ました。すべてが公表されるかどうか分りませんが、向うも知らんぷりはできないと分っているようです」

「そうですか……。よく話して下さいました。ありがとう」

と、秋乃は頭を下げた。

「とんでもない！　私こそ、どうお詫びしていいか……」

「これから、どうするんですか？」

「当分、周辺がうるさそうですから……。田舎へ引っ込んで暮します」

ミキは、お茶の残りをゆっくり飲み干すと、「本山さんは——きっと心の中では申し訳ないと思ってらしたと思います。だから、家にいられなかったんでしょう」

「そうだといいんですけど……」

ミキは立ち上ると、

「お邪魔しまして」

と、一礼してから、「実は——私、妊娠してるのが分ったんです」

「え？　それじゃ……」

「本山さんが倒れる少し前に……。私も四十近いので、あまり気にしていなかったんですけど」

「どうなさるんですか」

「神月からもらったお金を、この子を産むために使おうと思います。もちろん決してご迷惑はかけません」

　もう一度深々と頭を下げ、ミキは玄関へと出て行った。

　秋乃と信忍は表まで出て見送った。

「お姉ちゃん……。あの人、穏やかになったね」

「そうね……。あの人、お父さんのことが本当に好きだったのよ、きっと」

　秋乃は家の中へ入ると、「——さあ、夕ご飯、何にしようか」

と言った。

　玄関のドアを開けて、

「ただいま——」

　と言いかけた柿沼由子は、脱いである古びた男物の靴を見て、サッと青ざめた。

　買物袋を上り口に置くと、居間のドアを突き放すように開ける。

「——お帰り」

　と、柿沼明は顔を上げた。

　向い合ったソファから大津が立ち上って、

「以前、同じ弁護士事務所にいた大津です。ごぶさたして——」

って」

と、由子は遮《さえぎ》って、「もう主人はおたくの事務所と関係ないはずです。お帰りにな

「由子。――僕が来てもらったんだ」

「あなた」

「分ってる。しかし、須藤さんの件については、関係ないと言って、放っておくわけにいかない。警察の責任を追及しなきゃ。それは僕の義務だ」

「それはこの方たちに任せておけばいいでしょ！　あなたには山ほど仕事があるはずよ」

「しばらく休みを取った。須藤さんの件が落ちつくまでは。今の事務所でも分ってくれてる」

「でも、あなたはまたそういう仕事にばかり係り合うようになるわ。きっとそうよ！」

「由子、頼むから――」

そのとき、

「お母さん！」

と、声がした。

梓が、学校帰りの格好で、居間の入口に立っていた。

「梓、あなたは二階へ行ってなさい」

「お母さん。お父さんの好きにさせてあげなよ」

と、梓は言った。

「あなたには分らないのよ」

「分ってるよ。お母さんの苦労だって。——でも、お父さんは弁護士でしょ。無実の人を助けてくれたら、私、嬉《うれ》しいもん」

「梓……」

「いいじゃない。——それでお父さんが活《い》き活《い》きしてるのなら」

沈黙が、しばらく続いた。

柿沼のケータイが鳴った。

「——もしもし。——柿沼です。——え？」

柿沼が立ち上った。「いつです、それは？——分りました」

柿沼が深く息をついた。

「どうしたんですか？」

と、大津が訊いた。

「——市川さんからだ」

柿沼はソファに身を沈めて、「あの管理人——宮井壮介が、留置場で首を吊《つ》って死んだ」

「あの犯人が？」

と、梓が進み出て言った。

「裁判で、細かいことまではっきりさせなきゃいけなかったのに……。何てことだ」

柿沼は肩を落とした。

「でも、柿沼さん。捏造の件は別です。ちゃんと告発しなきゃ」

「ああ……。もちろんだ」

柿沼は自分に言い聞かせるように言った。「これで曖昧《あいまい》に終らせてなるもんか……」

梓が言った。

「お母さん。私、二階に行ってるよ。——何か、おやつある？」

潮の匂《にお》いが、かすかにしていた。

ガラス張りのサンルームは人影もなく、静かだった。ただ一人、海を眺めて長椅子《ながいす》に寝そべっている女性がいる。

市川は、あまり足音をたてないのもおかしいかと、スリッパでわざと床を鳴らして、

「奥さん」

と、声をかけた。

「市川さん……。いらっしゃると思ってました」

と、須藤由利子は微笑《ほほえ》んだ。

「お邪魔では……」

「いいえ。その籐《とう》の椅子をこちらへ」

「いかがですか、ここは？」

由利子は、静養を兼ねて、この海岸のマンションに移っていた。

「ずいぶん遠いようですけど、今は電車も便利になったので。――慎一もここから学校へ通ってます」

「それは良かった」

「あの子も、やっと落ちつきました」

「心配していました。――ところで、警察からは何か？」

「いいえ、何も」

「そうですか」

市川はため息をついて、「容疑者を死なせてしまうとは、不注意としか言いようがありません。私からお詫《わ》びを……」

「あなたから、どうして？」

「今は辞めたとはいえ、無縁とは言えません。ご主人の件については」

由利子は黙って小さく肯《うなず》いた。

しばらく二人とも無言だったが……。

「奥さん……」

「分ります、あなたのおっしゃりたいことは」

と、由利子は言った。

「それは……」

「なぜ主人が控訴しなかったか、ということですね」

市川は肯いて、

「そうです。——証拠の捏造《ねつぞう》をしておいて、こんなことを伺う資格はないかもしれません。ただ、どうしても気になって。もしご主人がもっと無実を主張されていたら……」

「よく分ります」

由利子はゆっくり立ち上ると、ガラス越しに海を見た。「——ここだけの話にしていただけますか」

「はい」

「きっとですね」

「お約束します」

由利子は、長椅子に軽く腰をおろすと、

「あの日の夜……。四人目の犠牲者が出た夜のことです」

と言った。「主人は夜十時ごろ帰って来ました。主人にとっては、そう遅い時間というわけではありません。でも、帰って来たときの主人の様子が……。ただごとではありませんでした」

一目見て、由利子は青くなった。

須藤啓一郎は、暑い時季でもないのに、びっしょりと汗をかいて、喘《あえ》ぐように息を切らしていたのだ。

「どうしたの？　どこか具合が悪いの？」

と訊《き》いたが、須藤は聞いてもいないようだった。

手にしていた鞄《かばん》を放り出し、ソファにドサッと身を投げ出して、それきりぼんやりしている。

幸い、慎一はクラブの合宿で今夜は帰って来ない。由利子はよっぽど一一九番して救急車を呼ぼうかと思った。

十五分もたったろうか。——須藤はやっと我に返った様子で、

「由利子か……」

「どうしたの、一体?」

と訊いても、ただ首を振るだけで、

「——風呂《ふろ》へ入って来る」

と、よろけるように立ち上って、バスルームへ入って行く。

由利子は、不安な思いで居間にいたが、しばらくすると、パトカーのサイレンがいくつも聞こえて、どんどん近付いて来た。

何があったのかしら……。

サイレンは、マンションの近くで停った。

由利子はじっとしていられず、夫が風呂から出ない内に、部屋から出てみた。

一階へ下りると、やはりマンションの住人が十人ほど、表に出ている。

「どうしましたの?」

と、顔見知りの奥さんに声をかけると、

「また女の子が殺されたんですって! しかも、このすぐ近くですってよ」

「まあ……。どこの子が?」

聞いてびっくりした。「ノンちゃん」と呼ばれて、この辺でよく見かける子だったのだ。

「怖いわね」

「もう四人目よ、これで」

パトカーに続いて、報道陣も続々とやって来る。

由利子は部屋に戻った。

「——あなた?」

夫はまだ風呂から上っていないらしい。

だが——由利子は足を止めた。

バスルームから、水音が聞こえて来ない。耳を澄ましていても、全く聞こえないのである。心配になった由利子は、ドア越しに、

「あなた？　大丈夫なの？」

と、呼んでみた。

だが、返事がない。――由利子はたまらなくなって、ドアを開けた。

夫は、バスタブに裸でうずくまっていた。

シャワーも出ていない。じっと膝《ひざ》を抱え、震えている。

「あなた！　寒いわよ、そんなこと……。どうしたっていうの？」

由利子はバスタブへ歩み寄って、しゃがみ込むと、「何かあったの？　ね、言って」

そのとき、由利子は夫の右手が何か握りしめているのに気付いた。タオルではない。

「それ、何なの？　――ね、見せて」

だが、夫は固く握りしめて、離さない。

「見せて。――渡してちょうだい！」

由利子は無理にそれをもぎ取った。

小さな白い布のようなそれを広げて見て、由利子は血の気が引いた。

それは小さな女の子のパンツだった。イチゴの柄が入っている。

「あなた……。これ……誰の？」

声が震えた。「まさか――まさか、あの女の子を殺して、取って来たんじゃないでしょうね！　あなた！」

由利子が夫の肩をつかんで揺さぶる。

須藤は泣き出した。——子供のように、体を震わせて泣き出したのだ。

「あなた……」

「違う」

と、須藤は言った。「あの子は……もう殺されてた。裸で、冷たいコンクリートの上に放り出されてた……」

「ノンちゃんね？　でも……」

「死んでることはすぐ分った。周りに、あの子の服が散らばってた……。それも」

「これを……持って来たの？　何てこと！　もしここで見付かったら、あなたがやったことにされるわよ！」

「分ってるが……。どうしてもこらえきれなかった……」

須藤は両手で頭を抱えた。

由利子は手の中で、その小さな布を握り潰《つぶ》すように力をこめて握った。

「奥さん、それは……」

と、市川は思わず言いかけた。

「主人は、幼い女の子に対して欲望を抱く人でした」

と、由利子は言った。「でも、間違えないで下さい。あの人はその欲望を自分で厳しく抑え込んで、決して現実に女の子にいたずらしたりしたことはありません」

「そうでしたか」

「人間は、誰でも他の人に明かせない秘密を持っているものではありませんか？　主人の場合は、それが小さな女の子への思いだったのです」

「分ります」

「主人は、慎一が生まれると、私の体に一切手を触れなくなりました。――私は主人に何度も問い詰めて、主人の隠された性癖を知ったんです。主人は私を愛するために、必死で無理をしていたのだと思います」

「では、それ以来ずっと？」

「ええ。でも、あの人は夫としては本当にやさしい、立派な人でした。――あのいくつかの事件が続いたとき、主人は自分の中の押し隠していた欲望に火をつけられ、苦しんでいたんです。そこへ、あの事件の日……。主人は、偶然殺された女の子を見付けてしまい、そしてそこに捨てられていた下着を手に入れる誘惑に勝てなかったのです……」

「それで……」

「その下着は、翌日私が外出先で捨ててしまいました。でも、主人にとって本当に恐ろしいことはその後だったのです」

「というと？」

「次の日の夜、電話がかかって来たのです。主人が出て、真青になりました。それは犯人からで、主人があの女の子の下着を持って行くのを見ていた、というのでした」

「まだ犯人が現場にいたんですね」

「隠れて見ていたんです。まさか、それがあの管理人だとは思わず、主人は打ちのめされていました」

「恐喝されたとか？」

「いいえ。でも、その方が主人にとってはまだ良かったかもしれません。犯人は主人に、『あんたの気持はよく分るよ』と言ったのだそうです」

由利子は海の方へ目をやって、「卑劣な殺人者と自分は同類だ。——主人はそう自分を責め続けました。そして……突然の逮捕です。主人にとっては、殺していなくても、殺された子の下着を盗んだことで、『有罪』だったのです」

「それでご主人は……」

「私は、無罪になると信じていました。主人は控訴しないと言っていましたが、その決心はきっと変えられると思っていたんです。それが、まさかあんなに早く刑が執行されるなんて……。しかも捏造された証拠で」

「申し訳ありません」

「いいえ。でも——宮井も、主人のことはひと言も言わずに死んだのですね」

「ええ。私も決して誰にも話しません」

「信じていますわ」

市川は立ち上って、

「ありがとうございました」

と、一礼した。「証拠捏造に関して訴訟を起されますか」

「今度ご相談しましょう」

由利子の差し出した手を、市川は両手で挟むように包んだ。

いつか、夕暮の気配が近付いていた。

エピローグ

玄関の方から、

「ただいま！」

と、声がした。

「お帰りなさい」

秋乃は台所に立っていた。

「いい匂《にお》い！　何作ってんの？」

と、信忍が制服のままやって来る。

「ホットケーキ。食べるでしょ？」

「食べる！　すぐ着替えてくるね！」

と、信忍は駆けて行った。

数分後、ホットケーキが焼き上ったところには、もう信忍はテーブルについていた。

「――おいしい！」

たっぷりとメイプルシロップをかけながら、「そうだ。今日帰りにね……」

「どうしたの？」

「何か男の子が校門の外に立ってんの。どこかで見たことあるな、と思ったら、『須藤慎一だけど』って」

「あの須藤さんの息子さんね」

「同じ高二なんだよね。それが何の用かと思ったら……」

「何だったの？」

「私のこと、どこかで見て気に入ってたんだって。『付合ってくれ』だって」

「まあ……」

「私はもう付合ってる子がいるんだ、って言ったけど、『それでもいいから』って」

「あら、もてるのね」

「遠慮します、って、帰って来たんだけど、何だかね……」

「向うも諦《あきら》めるわよ」

「ならいいけど」

と、信忍はせっせとホットケーキを平らげて息をついた。「——あ、聡だ」

ケータイに出ると、

「——え？　——まさか！」

と、目を丸くする。「――うん、分った。放っといていいのよ。ね？」

秋乃は手を止めて、

「どうしたの？」

「――頭に来る！」

と、むくれて、「どこで調べたのか、須藤慎一が聡のケータイに電話して来て、私と別れろ、って言ったんだって！」

「あら」

「勝手だよね！　今度会ったら、ぶっ飛ばしてやる！」

と、カンカンに怒っている。「私、聡の所に行ってくるね」

「あんまり遅くならないで」

秋乃が言い終らない内に、信忍は駆け出して行った。

――母はまだ意識が戻らず、信忍はずっとこの姉の家から学校へ通っている。

秋乃のお腹《なか》は大分目立つようになり、信忍はすっかり元気を取り戻した。

「二人の男の子に惚《ほ》れられるか……。さすが我が妹！」

と、秋乃は呟《つぶや》いた。

そして、空になった皿を重ねて台所へと持って行った。

解説

三橋　曉

ご存知の方も多いと思うが、「天国と地獄」は、十九世紀フランスの作曲家ジャック・オッフェンバック作のオペレッタ（小さなオペラの意。歌と踊りが織り込まれた軽喜劇のこと）のタイトルである。原題を「地獄のオルフェ（"Orphée aux Enfers"）」というこの歌劇は、ギリシャ神話のオルフェウスの物語を戯画化したものだが、日本では大正年間に帝国劇場で初演された折に、「天国と地獄」という邦題が付けられたと伝えられる。

オペレッタなんて知らないよ、という人も、この劇のフィナーレを飾るバレエ音楽は、きっとご存知に違いない。ラインダンスの伴奏等に使われるあまりに有名なあの曲は、子どもの頃に学校の運動会などで、誰もが必ず耳にしているはずである。

一方、映画がお好きな方ならば、黒澤明監督の同題の作品を真っ先に思い浮かべるだろう。（原作はエド・マクベインの『キングの身代金』）こちらはＭＷＡ（アメリカ探偵作家クラブ）のエドガー賞（最優秀外国映画賞部門）にもノミネートされ、誘拐事件を扱ったミステリ映画の傑作としてファンの間でもおなじみである。（ちなみに、映画のタイトルは、貧富の差の象徴として、登場人物のひとりが口にする台詞《せりふ》から取られている。米題は、“High and Low”）

そして、ここにご紹介するのは、さらにもうひとつの『天国と地獄』である。作者は、ご存じ赤川次郎。雑誌「小説新潮」二〇〇七年五月号から二〇〇八年九月号にわたって連載されたこの作品は、同年十二月、新潮社から単行本として刊行された。今回は、その文庫化にあたる。

いちはやく読み終えた読者ならすでにおわかりだと思うが、一見してオッフェンバックのオペレッタとも、その原典にあたるギリシャ悲劇のオルフェウスの物語とも、そして黒澤明の映画とも、内容的な繋がりは見当たらない。しかし、まさに天国から地獄へ。安閑とした日常から思いがけず非日常の世界へ無防備のまま放り出されたひとりの少女の苦難の物語が語られる。

本作の主人公本山信忍は、私立の女子高校に通う、どこにでもいる平凡な高校二年生である。二人姉妹の妹で、七つ歳《とし》の離れた姉の秋乃はすでに嫁ぎ、現在は両親との三人家族で暮らしている。家庭に不満もなければ、心を通わせるボーイフレンドや親友もいて、学校では演劇部で元気に活躍している。しかし、そんな彼女の順風満帆だった日々は、ある日突然に、暗転する。

※以下、本作『天国と地獄』の内容に具体的に触れていきます。察しのいい読者にあられましてはネタバレのおそれがありますので、巻頭に戻って作品の方を先に読まれますようお奨《すす》めします。

その日、信忍はクラスメートで仲良しの川崎妙子と連れ立って話題の映画の試写会に足を運んだ。その帰り道、たまたま立ち寄ったラーメン屋のテレビを眺めていて、衝撃に襲われる。画面は、幼女連続殺人事件で死刑の判決を受けた須藤啓一郎のニュースを映していた。有名私大で教鞭《きょうべん》をとる須藤は、人望も厚くハンサムで、テレビでも人気のタレント教授だったが、あろうことか年端《としは》もいかない女の子を幾人も手にかけた容疑で逮捕された。須藤は、取調室で執拗《しつよう》に黙秘を続けたが、指紋のついた証拠を提出し、裁判で有罪判決を導き出したのは、信忍の父親で刑事の本山悠吉だった。しかし、判決からわずか一年たたないうちに執行された須藤の死刑とほぼ時を同じくして、事件をめぐる新事実が明らかになる。須藤の住んでいたマンションの管理人がごみ置き場で遊んでいた近所の小学生を殺害し、逮捕されたのだ。それと同時に、須藤を有罪にした唯一の証拠の品が、捜査にあたった悠吉による捏造《ねつぞう》だったのでは？という疑惑が浮上する。

ところで、オール讀物推理小説新人賞にのちの〈幽霊〉シリーズの第一作となる『幽霊列車』を投じて、見事受賞。作家デビューを果たしたのが一九七六年のことだから、赤川次郎はすでに三十年以上のキャリアを誇るベテラン作家なわけだが、いまもって十代の少年少女を主人公にした小説を得意としているのは、稀有《けう》な才能といっていいだろう。デビュー当初は、のちに到来するライトノベル・ブームの先駆けのような存在として若者を中心に多くの読者を惹《ひ》きつけ、ご存知のように軽妙な作風で次々とベストセラーを世に送ってきた。

看板の人気シリーズは指折り数えると両手でも足りないくらいだが、〈三毛猫ホームズ〉や〈三姉妹探偵団〉など、ユーモア・ミステリを標榜《ひょうぼう》する作品が多い一方で、知らぬ間に人の心のダークサイドに忍び寄り、読者の心に苦い後味を残していくものも実は少なくない。陰鬱《いんうつ》な空気を内包し、ときに悲劇的な展開を遂げるファンタジー小説をダーク・ファンタジーと呼ぶが、それに倣《なら》って、明るさの裏側に翳《かげ》りを秘めた赤川作品の本質を、ダーク・ミステリと呼ぶこともできるのではないかと思う。この『天国と地獄』という作品も、その一例といっていいだろう。

母親に暴力をふるったあげく、自暴自棄になって家を飛び出した父親。その父はバーの女のもとに転がり込み、女を通じて母に離婚話を突きつけてくる。またたく間に家族関係が崩壊状態へと追い込まれた信忍は、クラブ活動を通じて知り合った他校の演劇部に籍をおくボーイフレンドの小田島聡との信頼関係を唯一の心のよりどころにするが、それすらも、刑事である父に恨みを抱く人物の企《たくら》みで、踏みにじられていく。

さらにさまざまな紆余曲折《うよきょくせつ》を経て、多数の関係者を巻き込んだ事件もやがて収束へと向かう中、痛みをともなった決着がヒロインを待ち受ける。読者が味わうに違いない余韻の苦味は、まさにこの作品のダーク・ミステリたる所以《ゆえん》だろう。

ところで、この『天国と地獄』には、裁判における冤罪をテーマとした社会派ミステリという側面もある。この「冤罪」という言葉は、昨今報道やマスコミなど、さまざまなメディアで頻繁に使われているが、正確には法律上の用語ではない。そればかりか、法制度上もその意味するところは明確でなく、理屈めいた言い方をすると、冤罪であるか否かの確認もきわめて困難と言わざるをえない。それゆえ統計の上でも冤罪事件がどれくらい起きているのか、その件数を把握することすら難しいという。

しかし、裁判とはいえ人間の行うものである限りは誤謬《ごびゅう》もあるし、何よりも歴史が物語るように、冤罪は存在する。厚生労働省の郵便割引制度に関係した偽《にせ》の証明書発行をめぐり、検察庁の特捜部が容疑者の現職局長を証拠の改竄《かいざん》で陥《おとしい》れるというフィクションさながらの事件が起きて、世間を驚かせたのはまだ記憶に新しいところだろう。

ミステリの世界でも、弁護側と検察側の鍔迫《つばぜ》り合《あ》いは格好の題材で、司法の世界を舞台にしたリーガル・フィクションが多数あるが、この冤罪というテーマも、その定番メニューのひとつといっていい。島田荘司の『涙流れるままに』、高野和明の『13階段』、大門剛明『雪冤』など、単にミステリとしての完成度ばかりでなく、冤罪という主題に対する作者の高い問題意識を感じさせる作品が数多く生み出されている。

この『天国と地獄』においても、物語の冒頭、非常に魅力的な謎が読者の目の前に提出される。すなわち、容疑者である須藤啓一郎は、なぜ徹底して黙秘をするのか？頑として自白を拒む須藤は、でっちあげの証拠を突きつけられても、口を固く閉ざし、一切を語ろうとしない。その結果、有罪の判決が下されるが、その期《ご》に及んでもなお弁護士の説得に耳を貸さず、須藤は控訴しようとしない。この不可解な行動の裏には、いったい何が隠されているのか？

幕切れ間近になって、その謎は解き明かされる。事件を陰で操っていた真犯人の正体とともに、死刑囚が最後の最後まで一切を黙していた理由が読者の前に明らかにされるのだ。迷走する事件の真相とともに、ひとりの男が墓場にまで持っていかなければならなかった秘密が詳《つまび》らかにされるとき、善良なる読者諸氏は、司法における正義とは何かを、改めて自らに問いかけざるをえないだろう。

最初に本作とオッフェンバックのオペレッタの間に直接の繋がりはないと書いたが、実は両者の間には、一点、興味深い共通項がある。『三毛猫ホームズとオペラに行こう！』というオペラをめぐるエッセイ集もある作者は、自他ともに認めるオペラ通だが、それゆえに書きえた作品が、本作ではなかったかと思える。

互いに愛人がいながら、偽善的に夫婦関係を繕う男女をめぐり、神や悪魔までを巻き込んでの騒ぎとなっていくオッフェンバックの「天国と地獄」の破天荒さに対し、本作もまた予測のつかない展開を見せる。冤罪事件と早すぎた死刑執行は、ヒロイン信忍とその一家を数奇な運命に陥れるに留まらず、信忍の姉夫妻や死刑囚の妻と息子、須藤の弁護にあたった柿沼弁護士の家族たちにまで、不幸の連鎖反応は広がっていく。さらに読者を待ち受ける、人気アイドルの穂波エリや、スキャンダル専門のジャーナリスト牧野、水商売の近藤ミキ、悠吉の上司で警察の神月らが入り乱れての先の読めない物語は、オペレッタさながらの賑《にぎ》やかさといっていいだろう。孤立無援の状況に立たされた少女が、苦難を乗り越え逞《たくま》しく成長していく姿をダークかつ軽やかに描いた赤川流の狂騒のオペレッタに、心からカーテンコールの拍手を送りたいと思う。

（平成二十三年三月、ミステリ・コラムニスト）

この作品は平成二十年十二月新潮社より刊行された。

赤川次郎著

不幸、買います
―一億円もらったらII―

ある日あなたに、一億円をくれる人が現れたとしたら――。天使か悪魔か、大富豪と青年秘書の名コンビの活躍を描く、好評の第二弾！

赤川次郎著

森がわたしを呼んでいる

一夜にして生まれた不思議の森が佐知子を招く。未知の世界へ続くミステリアスな冒険の行方は。会心のファンタスティック・ワールド。

赤川次郎著

無言歌

お父さんの愛人が失踪した。それも、お姉ちゃんの結婚式の日に……女子高生・亜矢が迷い込む、100％赤川ワールドのミステリー！

赤川次郎著

子子家庭は波乱万丈
―ドイツ、オーストリア旅物語―

ワケあり小学生がゆく、事件だらけのヨーロッパ旅行！　両親が「家出」してしまったあの名物姉弟・律子と和哉が、初の海外遠征。

貫井徳郎著

迷宮遡行

妻が、置き手紙を残し失踪した。かすかな手がかりをつなぎ合わせ、迫水は行方を追う。サスペンスに満ちた本格ミステリーの興奮。

貫井徳郎著

ミハスの落日

面識のない財界の大物から明かされたのは、過去の密室殺人の真相であった。表題作他、犯罪に潜む人の心の闇を描くミステリ短編集。

東野圭吾著
鳥人計画

ジャンプ界のホープが殺された。ほどなく犯人は逮捕、一件落着かに思えたが、その事件の背後には驚くべき計画が隠されていた……。

東野圭吾著
超・殺人事件
―推理作家の苦悩―

推理小説界の舞台裏をブラックに描いた危ない小説8連発。意表を衝くトリック、冴え渡るギャグ、怖すぎる結末。激辛クール作品集。

宮部みゆき著
魔術はささやく
日本推理サスペンス大賞受賞

それぞれ無関係に見えた三つの死。さらに魔の手は四人めに伸びていた。しかし知らず知らず事件の真相に迫っていく少年がいた。

宮部みゆき著
レベル7《セブン》

レベル7まで行ったら戻れない。謎の言葉を残して失踪した少女を探すカウンセラーと記憶を失った男女の追跡行は……緊迫の四日間。

宮部みゆき著
返事はいらない

失恋から犯罪の片棒を担ぐにいたる微妙な女性心理を描く表題作など6編。日々の生活と幻想が交錯する東京の街と人を描く短編集。

宮部みゆき著
龍は眠る
日本推理作家協会賞受賞

雑誌記者の高坂は嵐の晩に、超常能力者と名乗る少年、慎司と出会った。それが全ての始まりだったのだ。やがて高坂の周囲に……。

伊坂幸太郎著
オーデュボンの祈り
卓越したイメージ喚起力、洒脱な会話、気の利いた警句、抑えようのない才気がほとばしる！　伝説のデビュー作、待望の文庫化！

伊坂幸太郎著
ラッシュライフ
未来を決めるのは、神の恩寵か、偶然の連鎖か。リンクして並走する4つの人生にバラバラ死体が乱入。巧緻な騙し絵のごとき物語。

伊坂幸太郎著
重力ピエロ
ルールは越えられるか、世界は変えられるか。未知の感動をたたえて、発表時より読書界を圧倒した記念碑的名作、待望の文庫化！

伊坂幸太郎著
フィッシュストーリー
売れないロックバンドの叫びが、時空を超えて奇蹟を呼ぶ。緻密な仕掛け、爽快なエンディング。伊坂マジック冴え渡る中篇4連打。

伊坂幸太郎著
砂漠
未熟さに悩み、過剰さを持て余し、それでも何かを求め、手探りで進もうとする青春時代。二度とない季節の光と闇を描く長編小説。

伊坂幸太郎著
ゴールデンスランバー
山本周五郎賞受賞
本屋大賞受賞
俺は犯人じゃない！　首相暗殺の濡れ衣をきせられ、巨大な陰謀に包囲された男。必死の逃走。スリル炸裂超弩級エンタテインメント。

天《てん》国《ごく》と地《じ》獄《ごく》

新潮文庫　あ－13－43

平成二十三年五月一日発行

著者　赤《あか》川《がわ》次《じ》郎《ろう》

発行者　佐藤隆信

発行所　株式会社　新潮社

郵便番号　一六二―八七一一
東京都新宿区矢来町七一
電話　編集部(〇三)三二六六―五四四〇
　　　読者係(〇三)三二六六―五一一一
http://www.shinchosha.co.jp

価格はカバーに表示してあります。

乱丁・落丁本は、ご面倒ですが小社読者係宛ご送付ください。送料小社負担にてお取替えいたします。

印刷・大日本印刷株式会社　製本・憲専堂製本株式会社

ISBN978-4-10-132745-7　C0193